U0113487

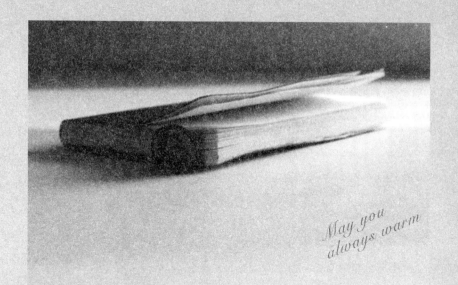

May you
always warm

愿你一直
温暖如初

南风语/著

台海出版社

图书在版编目(CIP)数据

愿你一直温暖如初 / 南风语著.—北京:台海
出版社,2015.8

ISBN 978-7-5168-0717-0

Ⅰ.①愿… Ⅱ.①南… Ⅲ.①故事–作品集–中国–
当代 Ⅳ.①I247.8

中国版本图书馆 CIP 数据核字(2015)第 210379 号

愿你一直温暖如初

著　者:南风语
责任编辑:阴　鹏
装帧设计:虞　佳　　　　　　版式设计:通联图文
责任校对:陈　媛　　　　　　责任印制:蔡　旭
出版发行:台海出版社
地　址:北京市朝阳区劲松南路 1 号，邮政编码:100021
电　话:010-64041652(发行,邮购)
传　真:010-84045799(总编室)
网　址:www.taimeng.org.cn/thcbs/default.htm
E-mail:thcbs@126.com
经　销:全国各地新华书店
印　刷:北京高岭印刷有限公司
本书如有破损、缺页、装订错误,请与本社联系调换
开　本:889mm×1194 mm　　　　1/32
字　数:180 千字　　　　　　印　张:7.5
版　次:2016 年 3 月第 1 版　　印　次:2016 年 3 月第 1 次印刷
书　号:ISBN 978-7-5168-0717-0
定　价:28.00 元

序一

世事黯浊，愿你明媚如初

　　好久没看过这种满满温馨，浓浓温情的青春文字。看着温暖的文字，脑海里浮现多年前的画面，《愿你一直温暖如初》带着我们回到了青春年少时。

　　那时，我们挥洒着青春，追逐着爱情，寻找那个能陪我们一起驶向心灵港湾的他（她）。

　　大多数人都有过暗恋，虽然暗恋只是一个人的独角戏，却也是一种美好的情怀，是一份浪漫的伤痛，是心底那份感伤的甜蜜，是生命中珍藏的记忆，小语的《愿你一直温暖如初》满载着这种甜蜜和回忆。

　　我们到了一定的年龄，就会面临长辈的催婚。我们时常会想，人到底是因为爱情而结婚？还是因为结婚而结婚呢？

　　《愿你一直温暖如初》让我们明白，人不能因为寂寞而去找一个伴侣，而应为了一生的相守而找寻你的另一半。看多

1

了海枯石烂、天荒地老的爱情，总以为爱情就应该是那样——轰轰烈烈，其实并不然。这个世界上，并没有谁离开了谁就活不下去，爱一个人，一心一意，即使最后没能相守，至少我们曾经爱过。沉沉浮浮的世界，起起落落的人事，爱是两颗相守在一起的心，当两颗心越离越远，我们还拥有那美好的回忆。

当爱情离我们而去，回头看一看，我们就会发现，这个世界上，除了那个你为之倾心付出的人，在我们身后，还有看着我们成长，默默守在我们身后的家人。这个世界父母对子女的爱总是毫无保留，家就是我们的一个港湾，父母就是港湾的守护者，当我们累的时候可以找他们撒娇，想哭的时候有他们温暖的怀抱。

当爱情来了，我们要从容面对，用一颗温暖的、最真最纯的心，迎接它的到来，带着灿烂的微笑走向爱情的港湾，即使中途抛锚，遭遇风雨，丢失了一份爱，我们也不要气馁，人生的旅途中，还有更多靓丽的风景，生命中的那个人，必定会出现，我们要时刻保持着最真的心勇敢向前，永远有一颗温暖的心。彩虹总在风雨后，愿大家都能收获一份美好的爱情。

愿你、愿我能一直温暖如初！

歆月

序二

生命如光，爱情如蜜

15岁时，闺蜜问我："如果你喜欢一个男生，你会主动追求吗？"

"才不要咧，女生就要矜持。"回答是斩钉截铁、毫不犹豫的。

这时的我，正一心期待着白马王子的降临，怎么可能放下女生的骄傲。

20岁时，另一个闺蜜问我："如果你喜欢一个男生，你会追吗？"

"大概，不会吧。"语气有了丝丝犹豫。

这时的我，对爱情满心向往，却还是有些畏畏缩缩。

25岁时，某个男性友人问我："如果你跟一个男人相处不错，你会表白吗？"

"再不相爱就老了，人生难得疯狂一次。"我理直气壮。

人会在时间中学会长大。

人也会在岁月里变得睿智，这些不管好与坏的沉淀，总会给你一丝丝的温暖，仿若盛夏清晨里透出的微光，不算炽热，却足以让你充满饱足的热量，来面对人生的每一个难关。

我曾背着包走过大半个中国，见过形形色色的人，看过五彩斑斓又像及了斑驳人生的风景。那些人事，就像是电影的画面，在我的脑海里闪烁着，然后跳跃着。

在那些路过的小桥人家，穿过的清水溪流，置身的山间丛林，还有那一望无际的平原草地以及那连绵起伏望不到头的山川里，我领悟到了很多真谛，也慢慢地放下了曾经的偏执。这些禁锢我的人生信条，我心口的屏障，随着成长的和风，软化了。

而我见过的、经历过的情感纠葛，也在这如风的光阴里，形成了或温暖、或简单、或悲凉、或励志的故事。

这些柔软在心底的风花雪月，请允许我用自己的语言方式，将它们剥离出来，不求每一个读者都赞同他们的爱情观，只求阅读这本书的读者往后的人生，生命如光，爱情如蜜。

contents

目　录

第一章

谢谢你能
一直爱着这样的我

大力女的碎骨掌

1

女人分为多种,有温柔似水的,有善解人意的,有撒娇如蜜糖的,有永远萌萌的,也有如阮梦这样的——大力霹雳女汉子。

阮梦的名字和软萌谐音,学生时代我们还没赶上如今的网络时代,那时"软妹子""萌妹子"还没流行起来,可"软萌"这样的组合,也让人将其归纳到"温柔似水"的行列里。但是阮梦名字软,性格一点儿也不软。

就好比这一刻,坐在我对面的郑能康盛了一碗鸡汤放在了阮梦面前,席间的阮梦还在跟身边的女性友人说笑,自然是不能在第一时间感受到郑能康的"细心体贴汤"。直到友人挑眉提醒,她才醒悟,然后抬手拍在了郑能康的肩膀上,嗓音如虎:"谢了,兄弟。"

如果抠字眼,"兄弟"两个字真像一把带毒的飞刀,无情又残忍。

然后我报以同情的目光看着男方的肩膀如千金压顶,往下那么一沉,跟随着沉下去的,是他此时扭曲的脸。

我们知道,郑能康一定是痛得身心俱裂了。

"果然是真能扛。"旁边的小魏在我耳边感慨了一句。

对于郑能康爱慕阮梦这件事在朋友圈可以说是人尽皆知,对于他受虐般的暗恋行为,小魏每每提起,总是一副"感同身受"的样子在那儿猛摇头说:"郑能康的老爸肯定在生他的时候就知道他以后可能会遇到这么一个劫数,为了让他平安渡劫,所以取名'真能扛'。"

对于小魏这些言行,我曾很认真地纠正过他细节上的错误:"男人没有生孩子的功能。"

小魏立刻完善自己的细节错误:"是他爸在他快出生的时候,就料到了这么一出。"

也因为小魏的一番话,"真能扛"的名号就这么传了出去,然后成为了他的代名词。

此时此刻,真能扛,哦不,是郑能康甜蜜地笑了笑,这笑容配上他因疼痛而扭曲的脸,怎么看怎么诡异。

这边男方强颜欢笑,那边的女方却拿着勺子不管不顾地吃了起来。郑能康不介意,我们这些看客都觉得心底隐隐升腾起酸楚的味道。

要说郑能康的条件,那是要相貌有相貌、要学历有学历、要人品有人品;再说家境,虽然他爸不是什么高官显贵,但人家在市中心有两套房,自己也入职一家不错的外企,工作努力且事业有望节节高。

这样的潜力股,若是站在大街上吼一吼"本人单身,求女友",保证有无数大长腿的姑娘们前赴后继地往上扑。

多么青春又前途无量的青年,怎么在异性交往上,就这么容易"失足"呢?

酒足饭饱,众人散席。

小魏原本要送我回家,郑能康不当护花使者送阮梦,却也屁颠颠地跑来送我。

问理由,他贼兮兮地附在我耳边说:"我就是想看她会不会吃醋。"话落的时候,还不忘亲昵地搂着我的肩膀,顿时让我感觉到一个硕大无比的鸭梨砸在了我的头顶,让我头破血流。

阮梦姑娘的目光像是一把砍刀扫了过来,我胆战心惊地抬起手弹了弹郑能康的胳膊,小声抗议:"我没有当挡箭牌的

3

爱好。"

郑能康苦苦哀求:"箭我来接。"

既然膝盖都中了一箭,再看他们关系不尴不尬——阮梦态度不明朗,郑能康暗恋苦楚不已,我决定当一回圣母玛利亚,来完成一个伟大的使命,说不定就成就了美好的姻缘。

可是,从我们出酒店门口到停车场这段路,阮梦只是低着头走路,刚才看我时那种杀气腾腾的样子也不在了。

跟着郑能康上了车后,我在副驾驶座上坐好,然后就看见他扭头看着窗外,双眼目不转睛地盯着阮梦看,仿佛稍微移开一下视线,她就消失了似的。

感受到了自己这个电灯泡当得太亮,我决定给他支招:"哎,想追就追呀,你这样的态度,姑娘也不知道你是不是喜欢她。再大大咧咧的姑娘都抵不住糖衣炮弹的攻击,没事跑跑腿,帮忙打杂献献殷勤,偶尔送送花、表表情谊什么的,别说糙妹子了,就是母老虎也能拿下!"

郑能康目送她的背影消失,才叹息了一句:"万一失败了,连朋友也做不成怎么办?"

"刚才她看我的眼神跟刀子一样,我觉得吧——她应该是不反感你,只是态度不明朗,你可以旁击。"

"怎么击?要是没击中正确的位置,反被她磕出个脑震荡怎么办?"

我欲哭无泪。

这两个人保持这么不明朗的关系,妹子的性格是一个原因,男方的怯弱也是重要的因素。

2

生活总是戏剧化。

人生也如电视剧般的,或许交集不多的人,偶尔某一天就会因为某些原因成为好朋友,例如,我跟阮梦。

事情是这样的,那天我搬家,因为是工作日又不想麻烦闺蜜和男性朋友,于是自己一个人租来了一辆破面包车开始了浩浩荡荡的迁徙。路上因为大堵车,在漫长的无聊等候中,便在学校的大群里发了一条信息抱怨:搬个家都遇到堵车,惨。

很快地,阮梦小窗口敲我:搬家吗?

我立刻回:是呀。

她接着问:你要搬到哪?

我迟疑了一会儿,把自己即将住的地方告诉她。

没想到当我开着车到达时,就看到穿着一身利索休闲装的阮梦站在门口。见我下车后,她挽起衣袖问:"就你一个人?"然后很自然地帮我卸货、搬东西。

我搬起一个纸箱子歪歪斜斜地还没走几步,阮梦伸手那么一捞,然后扛在了肩膀上,紧接着斜视我:"你这小身板,大小姐的命呢!"

我苦笑:"公主的身体,Loser的命!"

随即,阮梦"噗嗤"一笑:"逗。"

后来,在大力梦手的帮助下,我的搬家过程愉快而轻松。为了表示谢意,我请她吃了饭,她也不客气,进了饭店就是狂点,还净是肉、鱼那种,宰得我连吐几口血,好几天都没缓过来。

其实在学生时代,我只是久仰这位妹子的大名,因为她的大嗓门以及不输须眉的力气。还有郑能康的兄弟们每次在聚会的时候,总会拿出这个"奇葩"妹子说笑,久而久之,我也就关注起了"奇葩"。

按照郑能康的感慨那就是:"我喜欢她,但有时候真被她力拔山河的气势给震慑到,你别指望她有温柔的一面。"那时候我们就问:"那你为什么喜欢她呀?"他笑了笑,"喜欢就是喜欢呀,没有原因,好像心被她揪住了,她只能这么握着,哪怕是松一下或者是紧一下,都觉得难过。"说到这里还加了一句:"我想这辈子,可能我要选的人就是她了"。

年少时的一些话,没想到坚持到了他大学毕业直到工作。

因为阮梦在我搬家的时候仗义相助,我们自然而然地成为死党闺蜜。平时聊聊天,经常聚餐看电影,当然逛街购物是少不了的。

国庆长假的前一天,我接到了阮梦的电话,彼端的她声音哽咽:"小语,有空吗?"

铁骨妹子居然有声音软的时候,我立刻坐直身子严肃地说:"有,随时吩咐。"

等她来的时候,我发现,她感冒了。

阮梦坐在我的床上,大把大把地抽着纸擦鼻子:"我不高兴。"

"为什么不高兴?"

她只是低着头不说话。

我抓狂:"说话别这么吊胃口呀,我会痒死的。"

"因为看你似乎很高兴的样子,所以我不高兴。"

真气人!我招你惹你了,这肯定不是理由,当我是猴子呢!

"你说实话,我们还是朋友。"

阮梦眨巴着眼睛看着我,要是换作其他女生,这种表情一定是让男人心痒难耐的诱惑,就算我是女人也会觉得可爱啊,萌萌的。可对方是阮梦,那绝对是——诡谲!

"不说的话我们就真的当不成朋友了?"她说着的时候,也不知道是有意还是无意地摸了摸手,我惊险地看成了"摩拳擦掌",吓得我吞了吞口水:"不说就不说,谁心里没个秘密呀!"

阮梦耸肩要哭的样子:"我感觉我没人要了,再这样我肯定嫁不出去了。"

这突然的伤情是怎么回事,消化了她的话很久,我安慰:"谁说的,郑能康不错呀,他对你也有意思,喜欢到不可自拔的那种。"

当我说完这句话的时候,我心里一声哀叹:郑能康同学对不起,一不小心出卖了你!但转念一想,心里小小的负疚没有了,我这是在帮傻瓜表白,万一成功了呢?这不是皆大欢喜的事情,就算没成功,也是阮梦单方面知道,郑能康又不知情,对吧?嗯,虽然当事人在不知情的情况下被一振出局是个悲剧,但他可是"真能扛"!

许久,阮梦回应:"逗。"

然后,就没有然后了。

郑能康在他完全不知情的情况下,被一个"逗"打入了深深的地狱,我在心底给他默哀!

再后来,阮梦和郑能康的交集更少了,偶尔我也能接到他的电话,他问我阮梦的情况,又或者幽怨地说以前他给阮梦发信息对方还回,现在基本是了无音讯。

我只能尴尬地说"可能对方太忙呀,也有可能没看到啊"之类的糊弄他。

某一天,我扛不住郑能康的各种郁结的絮叨,于是略施小计将两个人约出来吃饭,我们三个人就坐在小饭桌前,老板端上了一盘又一盘的菜,郑能康像个小媳妇一样端正地坐着,还低着头,小手扭捏地拽着衣角把玩,怎么看都像是乡下姑娘翠花进城遇见了高富帅的留洋未婚夫的怂包样。

这一刻,别说阮梦那黑沉沉的脸了,就是我也想把他拎起来丢出去。

我用脚踢了他一下,用嘴形给他做暗号:"自信点儿!"好歹郑能康也是众多女人眼里值得嫁的少爷,可这天生的少爷在阮梦面前就变成了二愣子,着实让我这个电灯泡感到万分地"捉急"。

"阮梦,吃菜。"良久,郑能康很殷切地给她夹菜。

阮梦直直地看着他:"听说你喜欢我?"

我差点儿没爆发心脏病,姑娘,你敢不敢更直接点儿?这生猛的问话,还给人留一点儿活路吗?

郑能康嘴角抽了很久:"没有没有,谁在瞎说。"听完他的话,我真想把他掐死。怂包怂成这样,活该一直单恋!

阮梦眼里的失落一闪而过,然后她仰头笑了,还站了起来拍了拍郑能康的肩膀:"我就说嘛,你怎么会喜欢我呢!"我看到了郑能康的肩膀很明显地往下凹,看来这一巴掌不轻。

紧接着,阮梦叫了几瓶啤酒,吆喝着郑能康跟她喝,一杯又一杯,一瓶又一瓶,直到喝得不省人事,而郑能康虽然还能说话走路,但脸颊紫成了猪肝色,怎么看都是酒精中毒了!

路上,我跟郑能康搀扶着阮梦。

9

我们穿梭在川流不息的大街上，来来往往的人与我们错身而过，夜晚的霓虹灯光芒耀耀生辉。

"郑能康你就是个怂包！"

"……"他只是小心地搀着阮梦，不反驳我愤怒的斥责。

"喜欢就喜欢，你否认什么！"

"女生要温柔。"

"阮梦也不见得多温柔。"

"我喜欢她，所以不介意。"

"你现在倒是敢说喜欢了？刚才怎么就否认了？"

"我怕被拒绝，要是表白被拒，这辈子我都失去她了！做朋友就算不能相爱，我还能守护。我只是……只是……不想丢掉这一份牵挂和念想。"

"郑能康——"我刚还想骂，没想到"醉得不省人事"的阮梦忽然直起了身子，踮起脚一把抱住了郑能康，紧紧地。

我跟郑能康就那么呆站着，老半天大脑都处于短路状态。

等我回过神的时候，我笑着离开。原来阮梦不是真醉，只是想试探他而已。这场男方单方面的暗恋，最终还是以女方的主动而终结。

3

后来,阮梦和郑能康的相处不错,交往期间也是甜甜蜜蜜的,只是唯一不变的,还是她的性格以及她天生的力气。很多次,我都在朋友那里听到两三个搞笑的事例,无非就是郑能康在搬水的时候,阮梦看不过去,脚那么一钩,手那么一捞,最后左右各一个水桶,蹭蹭蹭地跑上楼。

小魏好几次在我这里放狠话:"他们不长久。"

我问:"为什么?"

他说:"以男人的角度来说,阮梦太硬了,调味还行,常吃会胃溃疡,说不定还会得肠胃结石什么的。"

旁边的知情者也跟着搭话:"阮梦没爸妈,还有弟弟跟妹妹这两个拖油瓶,郑能康爸妈可是对未来儿媳妇有着高标准的,为了他们的事,家里都闹得鸡飞狗跳。"

一年后,阮梦和郑能康这对"奇异"组合,在众人不看好的情况下走上了婚姻的殿堂。只不过,郑能康的父母因为不满意准儿媳,婚礼一分钱没出,也不愿意去会场祝福,可即便是这样,两人还是如期举行了婚礼。

他们的婚礼很特别,两人没有走传统的路线,两个人穿着古代的礼服,被他们请过来的本土乐队弹奏着悠扬的音乐,台上的郑能康拿着话筒说着他当初怎么暗恋阮梦的故事,当初看起来很害羞的男人现在表现得活泼开朗,笑容就像是阳光灿烂的中学生。

"很多人都在问我为什么喜欢阮梦，我也无数次地问自己。"

"爱一个人没有理由吗？不是没有,只是你无法用语言表达出那份感觉。"

"喜欢她是在初中的时候,说老实话,我和大多数男人一样喜欢温柔可人的女孩子,可就在某天上学,我看到了阮梦爬上了树,把一个受伤的小猫救了下来,用手帕给它包扎。还有一次,我看到几个男生欺负一个女生,她就那么冲了进去一个人单挑几个男生,衣服都被扯破了,脸也被抓伤,可是她擦了擦脸,笑着安慰被欺负的女生。"

"善良、勇敢,才是最纯粹的特性,无法伪装,只是自然地表露。"郑能康说,"我爱的,是她的性格,包括现在,我所了解的她的所有的缺点,就像……"

话犹未了,阮梦猛地拍了拍他的肩膀,他的脸很没规则地扭曲了一下,接着,她夺过他的话筒:"八卦就是,我主动把他追到手,就这么多了,无料可爆！"

这一句话就让台下炸开了锅！

"快爆,快爆！"

"不爆哥们几个就睡在你们新房,让你们急死！"

两个人嘻嘻地笑着,然后牵起对方的手:"早知道你们会这样,我们不奉陪了,你们吃好喝好!"然后他们从后台不知道哪个地方溜走,我们追出去的时候,郑能康骑着一辆电动车载着阮梦在人群中穿来穿去的,然后装满鲜花的三轮车浩浩荡荡地冒了出来,一时间道路被这些不伦不类的东西阻隔。

两个混蛋就这样消失在我们的视野内,而三轮车阻碍亲朋好友"闹洞房求八卦"的新闻也成为当地报纸争相报道的"奇谈"。

4

约莫半年后,我们又聚了一次,这次阮梦因为回娘家养胎所以没有出席。

席间,小魏问:"阮梦变温柔了吗?"

"还是老样子,拍我的时候,一个不小心,还是疼。"

我跟着补刀:"听说上次你还被拍进了医院。"

小魏猛叹息:"家庭暴力几时休?"想了一会儿,还补充道:"哥们,别糟蹋自己了,以你这条件什么女人找不到,正所谓'一房在手,MM尽有'呀!"

我白了他一眼:"做人要厚道,开开玩笑可以,你这种拆散婚姻的行为太可耻了!"其他人没明确地站在我这边,看他们沉默的样子似乎也有些赞同小魏的意思。

郑能康辩驳："阿梦真的很好,其实她性格也很好。"

"但也不能总这么拍你呀,她要是内功练深厚了,说不定以后一掌碎骨,内脏震裂!"

"她家境不好,家里还有弟弟妹妹,爸妈死得早,她既是姐姐,也是爸妈。本来就是孩子的她还要照顾弟弟和妹妹,力气不大点儿,怎么像个男人一样地守护自己的亲人?"郑能康静静地说,"我喜欢的是她这个人,其他的不重要。"

当事人都这么说了,小魏也只能瘪了。

后来的后来,阮梦生了一个儿子,我去看她的时候,郑能康正在客厅抱着儿子手忙脚乱,孩子的奶奶一边冲奶粉一边看着孙子,满脸都是笑容,时不时地还朝着阮梦所在的房间看,见她躺得安稳这才放心。看来之前闹到不肯出席婚礼的公公婆婆,对于木已成舟的事实,最终还是选择了接受。

我进了房间,阮梦对我笑,她胖了很多,可看起来精神很好。

"你嫁了个好男人,瞧你在这里睡,他在客厅里带娃。"

阮梦的脸上立刻洋溢着甜蜜的笑容:"他怕我累着了。"

我八卦地问:"哈哈,当初你怎么就装醉,还主动挑破关系呢?"

"那时候我只是猜测他对我有点儿意思,但也不确定,说真的,很多男人都怕我,而我又有些担心。郑能康各方面条件

14

都不错，我性格不好，还有弟弟和妹妹，想来想去，觉得他不可能喜欢我。就算喜欢，也只是图一时的新鲜！"

"那后来怎么下定决心？"

"后来你说他喜欢我，我也纠结了好一阵子。而那天，我是真醉了，也因为醉了，我才能鼓起勇气。其实吧，畏首畏尾不会得到幸福，只要努力了，如果还是失败，也不会给往后的人生留下遗憾。"

然后她的目光穿过门缝投向郑能康的背影，她像是看尽往后这所有的人生岁月般，柔和的目光里沉淀着的，都是满满的欢喜和爱。

有时候，两个人的关系处于不明朗的阶段，总要一个人先放下面子，否则很有可能随着时间的推移，这份感情就此终结。

我不知道阮梦从我口中得知郑能康喜欢她的时候，到底经历了怎样的内心纠结和挣扎，可我能体会她的彷徨，毕竟从一开始，所有人都觉得郑能康喜欢她这件事，就是不靠谱的。

后来的后来，我去了另一个城市，跟阮梦的联系变少，偶尔能在一些社交平台看她秀饭菜，秀可爱的儿子，秀成绩优异的弟弟和妹妹，却始终不秀自己。

某一天之后，她再也没秀过任何东西，让我心里空荡荡的,像是有什么不好的事情发生了一样。

某次郑能康出差到我所在的城市,身为东道主的我自然请他吃饭作为款待。吃饭的时候,他时不时地发短信,我忍不住嘲笑:发得这么勤快,你肯定不是跟阮梦聊天,说,跟谁?

郑能康这才收敛了一些,老老实实地把手机放进口袋里。

许久,他放下筷子,忽然就哭了:"这次我不是出差,是……想找你借钱。"

"哎,借钱就借钱,我又不会打你,你哭什么哭?"说到这里我又觉得不对,"富二代,你还缺钱?"

之后,经郑能康的口得知,婚后他为了赚钱跟人一起投资做生意,结果遇到市场寒潮亏得血本无归,最让他雪上加霜的是,阮梦在这个时候得了糖尿病急需治疗,而自己欠的外债太多,亲戚朋友怕有借无回谁都不肯雪中送炭。

我把仅有的积蓄拿了出来,虽然帮不上什么大忙,但也希望能帮他缓解一时危机。

临走的时候,郑能康站在火车站门口说:"小语,我相信我一定会成功的,虽然在金钱上我现在变得一无所有,可我还有阮梦。"

我说:"她遇到你是这辈子的福气。"

郑能康立刻回我:"遇到她才是我这辈子的福气。"随即他的眼里又含了泪水,"还记得我被她拍进医院的事情吗?事实是那次我妈跟我怄气,还说她这辈子都不会承认阮梦。我妈开车的时候因为倒车不小心把我撞到，车轮压住了我的腿。那一刻，我绝望地想我这辈子都要变成瘸子了，但阮梦在这瞬间一个人抬起了车子，让我爬了出来。听起来是不是觉得很不可思议？一个女人再怎么力气大，怎么能抬起车子？可制造奇迹的，恰恰就是我们血肉之躯的人类，也因为这次，我爸妈才对她印象好了很多。"

接下来，郑能康絮絮叨叨地说了很多关于阮梦的事情，包括他创业失败后，债主追讨上门，家里的东西被砸得稀巴烂，眼看他就要被人打死，阮梦站了出来拿了一把刀砍在桌子上说，欠你们的钱我们就算是死也会还，你们要是不信，我现在就剁一只手给你们。在她的强势下，这些债主悻悻离去。

在郑能康的描述下，我才得知这个外表坚强又力气大的女汉子，在夜深人静时，在我们看不到时，把所有的艰难和困苦藏在了心里，把最好的一面展现给我们。

那些不快的、累心的、糟心的事，全部被阮梦吞了下去。而她所有的爱和柔软，都给了她最亲的人。

世间有千千万万个相爱的人，世界也有许许多多的悲欢离合，每个人的故事都有相聚和别离，有欢笑和遗憾，就如同这尘世的沙土，抓在手中总有沙子往下漏。

沙子与手缝之间的距离，被这不计得失的爱，兜在了岁月的长河里，任风华的谢幕与变迁，成为彼此停留的港湾。

那些过不去的过去,总会过去

1

小魏说,作为男人我告诉你,男人都花心,没有一个会专一,除非他脑子有病,看着碗里吃着锅里那是男人的本性。别看那些人穿得人模人样,在众人面前营造痴情好男人的形象,背地里吃喝嫖赌的多了去了。

这个时候,我会白他一眼,顺带送一腿碎屁股脚:"什么样的货色就会说出什么样的话,自己满肚子屎看什么都是黄色的。"

小魏揉着屁股跟我贫嘴:"黄色温暖又明亮,我没觉得有什么不好。"

"所以你这种人活该没人要,注定孤独一生。"

"像我这种人,女人最喜欢。"小魏继续耍贱,"这年头,老实巴交的男人,女人都懒得正眼瞧,嘴巴涂蜜的男人,再有一辆像样的车,不愁没有女人。"

这就是小魏,对整个世界抱有玩世不恭的态度,对女人则永远抱着"有钱就有女人"的真理,大玩感情游戏并流连在花丛中肆意妄为。重点的重点是,他还很抠门,平时省吃俭用,恨不得一个馒头吃两顿。

我曾一度怀疑他抠成这样怎么能吸引到女人,后来我把这种现象定义为:真爱恒久远,主要还看脸。

要说小魏这样的负能量来源,我曾无数次猜测他是不是因为钱被女人抛弃了,每次我这么说的时候,他就会斜着眼看着我,贼贼地笑着说,你继续猜猜看?

小魏的房子租在一个老小区,六层,爬楼梯那种,更凄惨的是楼梯拐角的墙壁破了个大洞,每次晚上回去,他都要带个电灯,以免踩空了落下去第二天上小报新闻:"男子摸黑回家摔得半身不遂。"

每次上楼上得颤颤巍巍时, 他就喜欢给我打电话说:"我要是摔死了,你给我爸带个信儿,就说你那多余的儿子终于再也不会碍你的眼了。"

每每听到这些,我总是给他灌心灵鸡汤:"你爸生你养你还做错了?都是父子能有森么仇森么怨,多沟通,相互理解。"因为激动,我经常把"什么"说成"森么"。

某次,他实在喝不下去我的鸡汤,就回了一句:"我刚生下来他就要掐死我,要不是我妈护着我早死了!后来我妈受不了他的冷淡改嫁了,他还想抛弃我去找小三!"

听到这里,我的鸡汤洒了一地。深思熟虑了片刻,我决定重新盛一碗鸡汤给予他心灵上的安慰,结果还没说话他就粗暴地挂了电话。

2

愤青的男人其实也有小资的一面，就像小魏这种人，平时也喜欢去书吧。他去书吧当然不会看书，而是为了晚上8点和9点档的本土乐队演出。

昏暗的霓虹灯罩在十几平方米的舞台上，上面坐着六七个人，有人弹钢琴，有人弹吉他，有人拉风琴，有人击鼓奏乐，最亮眼的是主唱——一个拥有天使面孔魔鬼身材的女子。

小魏就坐在可转式的凳子上，一边喝着鸡尾酒一边听歌，而我就坐在他旁边听着他胡吹，什么今天他泡了一个正妹，明天他打算攻下一个肤白貌美的妞。

说着说着，某个穿着紧身包臀裙的女人一扭一扭地朝着他走了过来，那高难度的动作，我真怕她会扭成麻花。

女人走到我们身侧时，身形歪了歪，在昏暗的灯光下我们看不到她的脸。这时，小魏很轻浮地伸手捏了一下她的臀部。

对方猛地一转身，眉毛一挑，布满胡渣的嘴巴微张："讨厌了啦！"

我吓得把嘴里的奶茶都吐到了"妖媚女"的脸上，感觉心脏都要骤停了。

第一章
谢谢你能一直爱着这样的我

　　小魏包在嘴里的酒不吐也不喝,眼睛鼓得大大的,我能感觉到他头顶有一团怨念,不断地碎碎念:让你手贱让你手贱,再手贱砍手!

　　回过神来的小魏也跟着来了一句:"人妖,下次你再这样,小爷会把你揍成真女人。"话落,他的眼睛一路下滑,落在对方的关键部位。

　　对方双手捂着下面,继续以高难度的扭曲动作一路狂奔:"为什么受伤的总是人家了啦!"

　　望着人妖离去的背影,小魏打了个哆嗦:"身材劲爆的不一定是美女,很有可能是人妖。"然后他的目光投在了主唱的脸上,目光忽然就迷蒙了。

　　从他的眼神,我忽然明白,他为什么喜欢拉着我来这里陪他"看书"了。

　　我随口问:"喜欢哪个姑娘?"

　　小魏失笑:"只要是漂亮的姑娘本人都喜欢!"

　　"我都没说是哪个姑娘,你就开始对号入座了?"

　　小魏立刻闷头喝酒,眼神不再镇定。

　　乐队表演结束后,主唱姑娘收拾了大包小包背着就走,小魏立刻背着身子,拉着我的衣袖就要走。之前的人妖挎着斜包来接主唱姑娘,小魏忽然转身走上前,一把拉住人妖用力一推,人妖差点儿被甩了出去。

　　"你就跟这种人混在一起?"

21

"我跟谁混在一起关你什么事？"

"你不能误入歧途！"

主唱姑娘翻白眼："神经病！"

小魏还想纠缠，我猛敲他的头，再一把抓住他的衣领把他往后拖："抱歉，我朋友喝醉了！"

出门的时候，小魏还愤怒地挣扎说："我没醉！"

"但你在做醉酒的事。"

小魏就闷闷地不说话了，我问他是不是喜欢人家，他送我一句，全世界的女人我都可能喜欢，但唯独不会喜欢她。

3

那天之后，小魏跟我减少了联系，我是一个冷战狂人，对方如果可以做到一个月不理我，我可以将这个时间延长到一辈子，不论对方跟我是什么关系。

一个星期之后，小魏按捺不住了，他直接找到我，劈头盖脸地说了一大通，连个逗号都没有：你这么长时间都没有联系我难道你都不问问我跟那位姑娘有什么渊源吗你都不觉得好奇吗女人不都是八卦的吗？

好在我还算会断字断句，他的话我都听懂了。

"我又对你没意思，你跟人家姑娘的渊源与我有关吗？"

"你就不八卦？"

"对你这种滥情男人有什么好八卦的。"

"算你狠！"

丢下话后他要走，走了一半又回来："不追追我？"

"一、我不是你女友，对追你这种事情没兴趣。二、我给你灌了不少心灵鸡汤，追上去也没什么给你灌的，汤没了。"

小魏席地坐下，他卷着衣袖，摆好了跟我促膝长谈的架势。此时此刻，要是有几袋瓜子就好了。

"你说，男人就不能专一点儿吗？"

"你不是说男人都花心吗？从男性角度来说，你比我更有话语权吧？"

"男人保持千年的花心习惯，女人经过进化后变得物质，或许是为了对抗男人的花心，给自己留一条后路吧！"

"你应该多看看情感励志文。"

小魏特认真地回："看完了感动一番，还是没有女朋友。"

他说得好有道理，我竟无言以对，可心底总是要打死他的冲动是怎么回事？

"我爸年轻的时候喜欢过一个女人，女人放在现在属于白富美级别的女神。但女神从来不给他机会，万念俱灰的他跟我妈结婚了，凑合着过。要是能过一辈子也就算了，偏偏他还是不死心，甚至在我出生的时候都想掐死我。后来他的女神家道中落，老公病死，我爸就接下了这个烂摊子，我妈终于受不了改嫁。之后他的女神对我有意见，他就想抛弃我。"

"你就是爹不疼妈不爱，所以才变得这么烂？就算是这样，你也应该害男人，而不是伤女人呀！"

"我这么严肃地跟你说伤心往事，你还来吐槽我？"

确实不应该，我用沉默来表达自己的歉意。

"小语……"许久，他开口，眼里竟噙了泪，"我没有嘴巴上讲的那么贱，什么泡过无数女人还不负责那些都是吹牛的。我唯一爱过的女人是在大学的时候，她跟我同班，当时为了追她我费了很多心思可是她一直拒绝我，我不死心一直追到了她家，看到她的家境后，我终于放弃了。"

"穷小子不小心爱上了白富美？"

"不，"他站起来涩涩地叹气，"跟我一样，一无所有。"

"那不应该是惺惺相惜吗？"

"她需要的是给她撑起一片天的男人，让她摆脱困境，不说大富大贵，起码生活安乐。"

我顿了顿："书吧里的主唱姑娘？"

小魏不说话了。

久久，他说："你知道吗？很多人觉得富二代带自己的女人吃路边摊是浪漫，可是穷小子想带心爱的女人去好一点儿的酒店吃个饭都不敢，你能体会这种心情吗？"

最后一个字说完，他蹲了下来，双手捂着脸像个孩子一般地哭得昏天暗地。

我不知道怎么安慰,也无法安慰,只能尴尬地看着他一言不发。

4

过了一个月,我独自去书吧听8点和9点档,主唱换了个男人,不见姑娘。

人妖还在这里到处扭着走路,9点还没见姑娘上台唱歌,我就拦住人妖:"以前在台上的主唱姑娘呢?"

人妖对我可能没有太深的印象,也没记起上次的事情,只是回我:"嫁人了!"说着他还补充,"是一个公子哥儿,自从她嫁了后,就不跟我来往了,男方嫌我脏,怕我带坏她。"

我无法接话,只能掏出手机看朋友圈打发无聊的时间。

刚点开状态,我就看到了小魏发了一张黑漆漆的图,配了一条文字:女神已婚。我曾想赚够钱,给自己心爱的女人买个房子,然后住在一起,晚上我做饭给她吃,睡觉的时候我要搂着她,给她切实的温暖。嘿,那个我不认识的男人,你给我保护好她,以后敢出轨敢欺负她敢让她哭,老子不要命也会杀了你。

虽然我一直认为小魏对女人有偏见,说话又很欠扁,可这一秒，我忽然觉得他很MAN。

我爱你，不管我有没有受过伤。

我爱你，不管我是不是见过太多的负面能量。

我爱你，不管你是美还是丑。

就算你结婚了，我都衷心地希望你过得幸福而快乐。

我曾在无数个日日夜夜省吃俭用，想用抠下来的一分一毫为你撑起一片可以遮风挡雨的屋顶，可它们终究不过是分毫，我甚至连带你去稍微上档次的酒店吃一顿饭都不敢。

此时此刻，有个男人给了你停泊的岸。我哭着祝福，并像个土匪般地威胁那个男人：好好爱你，否则老子就算不要命也要他死！

这是我爱你，最后的方式。

一个人，一座城

独身得久了，你似乎不会恋爱也不想恋爱，可是心里期待那个NO.1的心情从始至终都不会变。

久而久之，你会变得越来越患得患失：一个人怕孤独，两个人怕辜负。

可不管再怎么纠结，就算是一个人面对一座空旷的城市，你还是能在寂寞中找到属于自己的天地。

1

2014年，我迅速发胖，其迅猛的速度有赶超我在长沙102斤的趋势。

在长沙的时候，每次我到中南大学找弟弟吃饭，他看到我总会斜着眼很嫌弃地说，姐你要减肥，你真不能再胖了。

两年后，我回到了合肥，体重迅速从102斤变成了85斤，要怎么形容我呢？这么说吧，不但瘦还有胸，脸不再是婴儿肥,看着很顺眼,在镜头前更是360度无死角。

我感慨,还是回家好啊,这才是我怎么吃都不会胖的体质。

人往往嘚瑟什么,就会失去什么。很快地,我失去了轻飘飘的体重,变成了扎实实的一块大石头,风吹来了,再也不用应付那些需要我变得很假惺惺的场景了。

"哎哟,你这身板别被风刮走了。"我会表面装不高兴心里却乐得要死地回答"哪有,其实我很胖的"来拉仇恨。

现在,我旁边的男同事总是看着我的腰语重心长地说:"自从你来这里上班,你就从一条变成了一饼。"

领导每次来办公室见到我,也会补几枪:"小语你又胖了!"

别看我面上笑,心里的泡泡都淹掉了整个办公室。

我是新世纪好员工,在工作上兢兢业业,你们却这么戳我伤疤。

精神上的损失,算工伤的话,我已经伤痕累累,领导你赔不起这个钱!

对于变胖被反复戳这件事,同事慧慧姑娘跟我站在同一战线。

慧慧跟我差不多高,155的身高配上娃娃脸,走到哪都被当作初中生,出去谈业务也被认为是童工,她拿出身份证勉强证明自己的年龄,但很快又被看起来不成熟稳重的形象给打败。

每次她站在镜子前都喜欢踮脚，并且时常抱怨：我之所以这么高，一定是悬疑大作。我好奇地问，哪部作品？她幽幽地回：猛鬼锯了我一截腿！

很血腥！很暴力！

因为自身的身高缺陷，慧慧在择偶方面有着硬性要求，那就是男方最好在175以上，这样对下一代来说比较好，毕竟她还是希望基因择优。

慧慧身高不理想，但是脸长得很赞，虽说她不是什么让人眼前一亮的大美女，可绝对是耐看型的小家碧玉，而男人又是那种骨子里有保护欲的物种，遇到她这种类型的女人，只要她稍微卖卖萌撒个娇，对方基本上就弃械投降。

要说她的男朋友，我心里还有些怨念。

怎么说呢？这就好比两个同样的男人，长相没什么差距，每个月都是月光，平时上网的时候喜欢抠脚，出门打扮似潘安，在家邋遢似乞丐。大家都以为这两个男人娶不到老婆，只能凑合着单身过完这一生。可忽然有一天，这个跟你一样的男人抓住女明星的手羞涩地对你说："这是我老婆。"

明明是同一个窝里走出来的蚂蚱，看着另一个没来由就变上流的心情，各位就算不能感同身受，恐怕也能理解我的心情。

是的,这小妮子的男朋友是人神共愤的高!富!帅!

有段时间慧慧跟我一样体重飙升,我们每天都面对同事和领导的吐槽,因为身临其境,两个人火速发展为办公室好伙伴,经常在午休的时候搭伙看减肥攻略。

后来她把男朋友带给我看的时候,我心里那个嫉妒的小酸水都要冒到喉咙了。

修长的身高、帅帅的脸、戴着金框眼镜,一身西装穿在身上怎么看都像是小说里走出来的男主角。

接下来的日子,我还要被迫听她说她跟男友怎么相遇和相爱的过程,这秀恩爱的仇恨值让我这个单身狗完全不能忍!

"那个,慧慧……"有次我在她第103次说自己男友怎么温柔的时候开了尊口,"你这男友真令人嫉妒,以后你们有了坏消息再跟我说。酸掉牙的事情就别提了,我心胸很狭隘的。"

她看着我,脸色忽然就沉了,我刚想说"开个玩笑呢你至于吗",结果她很文艺地看着晴朗的天空来了一句:"雨天,天空与我之间,只剩下倾盆的思念。"

得,真想一棍子打死她!

2

世界上最磨人最惨绝人寰的事，莫过于单身狗在别人秀恩爱中渡过了一整年，而我的体重也因为长期的羡慕嫉妒恨而不断地减少。年底的时候，我已经瘦到87斤，可慧慧发展到了107斤，横看竖看都是上下一样粗。

每次她看着我日益苗条的身材都站在办公室中间大吼："同是女屌丝，为什么体重不一起同甘共苦？"

我心里跟着呐喊：同是女屌丝，我愿胖十斤五百年，我愿胖十斤五百年，只求遇到一个高富帅！

2015年2月11这天，办公室的同事都拿着手机等着某宝十点整的红包发放，慧慧也目不转睛地盯着手机，手指放在屏幕上，眼神和姿势跟超市里抢特价商品的大妈有异曲同工之妙。

整点疯抢之后，同事A沮丧地说：抢了一块钱中国移动的话费充值，没劲！

同事B挑眉：我抢了两块钱红包，现金哟。

其他同事要么没抢到，抢到的也不过是零散的"小钱"。

这时，慧慧红着眼眶跟我说："小语，我抢了亚洲游！"

这绝对是人生赢家！

同事们立刻凑了上来，个个嫉妒得眼睛都红了。一会儿，他们红着的眼睛变回了正常的颜色,某一小撮人变成了眯眯眼,笑得跟黄鼠狼似的。

同事C感慨:"5元亚洲游好酷!"

慧慧嘟囔着:"5元能游哪里?游个泳都不够!"

同事A假惺惺地安慰:"重在参与。"

我神补刀:"地沟游。"哼,让你天天在单身狗面前秀恩爱,让你天天无视单身狗微妙的心情。果然,X云真的是我背后的男人,知道在关键时刻默默地支持我、鼓励我、安慰我,用捧上云端又降为凡人的方式,狠狠地、无情地、决绝地、毫不留情地将慧慧打入了深渊。

同事B也跟着插几刀:"五块钱怎么游?如果坐公交到的话,可以从肥东坐到肥西。"

同事C:"单程吧,现在都是2块钱一次。"

同事B:"留着三月用吧,合肥的公交3、4月,10、11月所有空调车都是一块钱,五块钱能往返呢!"

慧慧哼着:"有效期是2月28。"

X云绝对是我背后男人中的真男人!

慧慧嘀咕了一会拿着手机给高富帅男友打电话,吧啦吧啦地说了一大通抱怨的话。挂了电话后,她忽然跑到我面前抓着我的胳膊:"小语,我跟他……"

"有了坏消息?我很乐意听!"我端坐身子,"快点快点。"

慧慧掐了我一把:"友尽。"

接下来的几天,慧慧都在跟脂肪做斗争。按照她的意思是她跟高富帅恋爱了两年,今年对方肯定会带她回家见妈妈。

高富帅是慧慧在旅游的时候遇上的,据说那时候慧慧已经相亲过很多次,可就是找不到能看对眼的,介绍的亲人和朋友就挖苦讽刺慧慧要求太高,激烈的时候会拿着她的身高来抨击,无非就是你自己的身高都属于残废级别,还妄想别人必须175以上,也不撒泡尿照照自己。

为了排解心中的苦闷,慧慧买了去大理的机票,开始了一个人的旅行。

这场说走就走的旅行并不那么顺利,慧慧之前没有做任何的准备,也没看攻略,在大理的时候背着一个相机东走西顾,没想到遇到了自驾游的高富帅。

高富帅不知道是不是尝多了满汉全席,忽然想换个土菜馆,于是主动光顾了慧慧这盘土豆丝。

根据科学食谱研究,土豆吃多了容易变黑,作为听众的我希望高富帅吃两个年头后变成非洲黑炭,也好缓解下我这一腔澎湃的妒忌之心。

不过,高富帅住在广州,慧慧住在我大合肥,所以两个人便是传说中的十谈九分的异地恋。

知道这些事情后,春节过完,我向公司申请了休年假。

上班的时候,慧慧没见到我,于是打电话问我是不是在相亲的战场上倒下,我任性地回答:"收拾行李呢!"

"去哪?"

"大理。"

"跟谁去?"

"一个人。"

高富帅,等姐姐!

3

我有屌丝的身份,却没有慧慧的命。

一趟大理跑过来高富帅没见到,歪瓜裂枣倒是遇到了不少。

回公司上班的时候,慧慧居然瘦到了83斤,瞬间变成了人见人爱的萌妹子,就是脸色憔悴了点。

老天不公,X云快来救我!

后面的几天,慧慧都显得郁郁寡欢,我觉察到了不对劲。问她怎么了,她也只是笑,对于我问的问题全部惜字如金,这让我一度怀疑是不是她要结婚了,但照顾到我们这群单身狗的心情,所以选择了低调行事。

三月底,慧慧忽然拉着我的手,让我陪她去凤凰古城旅游。我说,半个月前我才休了年假。

她低着头,眼泪跟筛子筛灰一样地往下掉,大颗大颗的眼泪,跟透明的黄豆一样砸在地上,看得我几乎是二话不说:"死就死了,再请一次假。"然后她的眼泪就跟水龙头拧紧了似的,一下子就戛然而止。

你比演员还厉害!

承诺是不能食言的,我在领导那里软磨硬泡求到了四天假,然后订票、打包行李就这么跟着她踏上了去凤凰的旅途。

在凤凰,我们选了临江的房子,阳台有两个吊式藤蔓椅,坐在上面端着一杯咖啡,看看外面的风景,望着一个又一个的小船从眼前飘过,这一坐就是一个下午,期间我本想找慧慧说话,可她的眼睛总是出神,似乎有满腹的心事,我也是识趣的人,便不多问。

夜幕降临,华灯初上,凤凰的夜就像是倾国倾城的妖女,魅惑中透着让你欲罢不能的蛊。

我跟慧慧走在古城的小道上,来来往往的人与我们错身而过,她机械地走着,目光没有焦距。为了让她注意力集中,我说:"瘦就是好,你看我们在中间穿梭,毫无压力。"

慧慧苦笑:"我还是怀念107斤的自己。"

"脑子烧坏了吧?"

慧慧掏出手机看着屏幕:"你说五块钱能去亚洲游吗?"

"求您了,恢复正常吧!你到底为什么这么多愁善感?"我说，"难不成你跟高富帅分手了？"

"如果是分手也就彼此各不相干，痛过一段时间后彼此相安。"慧慧低着头忍住了眼泪，"他在那边结婚了，却又不愿意跟我撒手，说是为了应付家里，他和妻子之间只是家族联姻！"

"这种话你也信？"我狠批慧慧，"一个男人真的爱你，他就会娶你，并且保持跟其他女人的距离。"

慧慧的声音立刻哑了："我知道，我都知道！可是，有些事情就算是清楚，也没办法立刻做出理智的决定。所以，我才想出来好好地想一想，静一静，给自己一个做决断的信心。"

最终，在这次凤凰游的旅途中，慧慧做出了决断：分手！

分手后，慧慧将男方所有的联系方式删除，并任性地以坐公交的方式从肥东到肥西坐了一个来回，最后，她选择了离职。

收拾东西那天，她摸着日益消瘦的脸说："我要跟那段过去道别。"

我没多说，只是祝福："希望你以后的生活一帆风顺，爱情甜甜蜜蜜。"

4

日子流水般地过着,我跟慧慧也保持着微信联系,我们聊的都是一些简单的话题,关于感情只字不提,而跟慧慧再见面是一个月后。

她穿着白色的长裙,脚上穿着平跟鞋,胖了不少,脸色也红润了,更重要的是,她看起来心情不错,脸上带着笑容。

她很自然地挽着我的手,我们在合肥的淮海路步行街逛了一圈,晚上我们去寿春路的文艺酒吧装一次小清新,因为我不胜酒量,去哪都喝茶,就算来酒吧也很猥琐的选杯茶坐在角落当个异类。慧慧嫌弃我来酒吧喝茶老土,于是自己点了一瓶红酒自顾自饮。

一瓶下肚后,她又陆陆续续叫了几杯鸡尾酒,喝得几乎分不清东南西北。

酒多了,她就开始哭。

先是无声,然后变成抽泣,最后趴在桌子上身体抖动不止。

“小语,我只有在这个时候才能哭,才能任由自己难过。当别人问的时候,我可以说一句‘哦,那是酒喝多了’。你瞧,所有的难过和委屈,都可以用酒喝多了来解释。”

我拍着她的后背,那些安慰的话语到了嘴边,却一个字都说不出来。

接下来,我听着她没完没了地说着自己的难过,以及这段时间她是怎么度过的。

当我送她回家时,我看到了她的住所。120平的房子,她一个人住,家里空荡荡的,三间卧室都铺了床单,每间卧室都打扫得干干净净。

慧慧躺在床上看着天花板,嘴里呢喃:"我怎么不知道他对我只是一时好奇,我怎么不知道我们的结局早就注定是分开。可单身久了,就想找个人来照顾。寂寞长了,似乎不会恋爱,想爱又不敢爱……幸好,知道了结局,所以没那么的心痛。"

我点头:"都会过去的,如果你还相信爱情,就找个人好好地去爱。"

慧慧嗯嗯了几声,就进入了醉梦般的世界,陷入了长久的昏睡。

5

随后的日子,我还继续上班,继续进行我的减肥事业。

慧慧也从阴影中走了出来,还找了份不错的工作,开始了全新的生活。当然,在假期时,她在省内旅游,最后又认识了相同爱好的驴友,两人谈起了令人羡慕的恋爱。

看着她的最新动态,我知道她过得很好。

只是,她很喜欢晒自己空荡荡的卧室,并憧憬着男主人和小天使的加入。

有一次无聊,我翻看慧慧几年前的动态,从上面的那些零碎的片段,我看出了她有一段刻骨铭心的爱情。对方是她的学长,为了追随已工作的学长,她在大四实习的时候就奔赴男方所在的城市,可最终还是因为男方的负心而让这段感情无疾而终。

满心伤痕的慧慧回到了合肥,租了一个大房子,仍旧期待最美好的爱情。

可能是受过伤的缘故,慧慧虽在后来又接触过两个男性,可是她变得很慢热很被动,男方追得勤快,她却反应淡然;交往期间,她也不懂深入交流,连最起码的关心都没能及时给予,导致这两段感情都因为"不会恋爱"而草草地夭折。

再然后,她保持了两年的单身,直到在大理遇到高富帅。

看着那些细碎的片段,我的眼眶瞬间热了。

在模糊的视线里,我似乎看到了自己的影子。

一个人生活在一个城市,每天朝九晚六,曾为爱情奋不顾身也曾伤得满身是痕,曾在无数个没人知道的夜里,把泪水往被子和枕头上抹。

可就算如此,心底还存着希翼,想得到一份完美的爱情,有我,有你,有个孩子,让这个空旷的房子显得生机勃勃,爱意盎然。

只是,在别人能看得到的幸福背后,那些看不见的心酸,都被丢在心口的一角时刻隐痛。

一个人,一座城。

走过的路长长短短,爱过的人深深浅浅。

这些年的悲欢离合,从头至尾唯有一人知晓。

情伤不过百日长

有时候爱一个人，可能是一见钟情，也可能是日久生情。就如同有些人的感情由深变浅，有些人的感情由浅变深。

1

情圣失恋了。

这是他第N次失恋。

要说情圣的恋爱史，其实他从大学到工作的七年只跟一个女人恋爱过，那就是她的"女友"F。

F是一个标准的白富美，高挑的身高、美艳的脸蛋，上大学的时候就开着豪车，追求者不计其数，情圣靠着自己的温柔一举拿下白富美，开始了让男屌丝们恨得直牙痒的恋爱之旅。哦不，准确地说是备胎之旅。

只是白富美也不是好伺候的，上一秒还是小资女，下一秒突然就被林黛玉附体来一句"我不高兴"，于是情圣不得不端茶送水好生伺候着,生怕白富美一不高兴,他连备胎的资格也失去。

我常常对情圣说:"你这备胎生涯无穷无尽,最好别落得个喜当爹的结局。"

情圣立刻严肃地说:"别毁我女神的声誉。"

我哀叹被爱情冲昏头的男人没脑子,明眼人怎么看白富美的表情也只有一个:我就是随便玩玩,你看着办。

这一次失恋,情圣拉着我出来喝酒。

我不擅长喝酒,所以看着他狂喝酒买醉,等他醉得不省人事的时候,我把他拖到路上让他睡大街。

结果第二天地方报纸头版给他独家报道:某男子深夜买醉睡大街,民警带回警局深刻教育。

情圣拿着报纸气冲冲地找到我:"给我一个说法。"

我说:"你太重,我扶不回去。"

"那你也不能让我睡大街,还让我上报!"情圣指着报纸上自己横躺的照片直跺脚,"你让我还怎么做人?"

哟,这话听着似乎我把他怎么着了,我不高兴了:"都怪我咯?"

"要是她看到了怎么办,要是她看到了怎么办,要是她看到了怎么办?"

此时此刻,情圣变成了复读机。

"看见就看见了,反正你们分手了,你过得好与坏跟她有什么关系？"我说着还觉得不过瘾，继续给他补刀，"说不定人家的备胎早就上位了，再说了，你混到现在也就是个备胎，也许在她心里，你根本不是什么'男朋友'，连备胎都不是也说不定！"

情圣一听不高兴了，他喋喋不休地说："我跟你说，虽然她没承认我们的关系，但我知道她心里是有我的。"

"追她的人多，她没办法选择也是情理之中的事情，我能理解！"

"最近她只是心情不好，我相信她会回心转意，只是我能保持住最佳状态。"

糟了，这孩子从复读机变成了祥林嫂附体。

我知道，这时候跟他争辩只会浪费时间，所以我只能听着他说，不再发表任何的意见。

2

情圣的福音来自于他失恋后的第十天。

白富美经过几天的思索后，还是觉得情圣最好，最后发了两条简短的短信，情圣就没骨气地跑了过去嘘寒问暖。

第一句：在干吗？

第二句：我饿了。

就这样,情圣又回归了备胎的位置,在白富美饿的时候送食物,在白富美累的时候负责按摩,在白富美不高兴的时候当小丑。

当我得知这些事,我鄙视他没出息,他却对我说:"你不懂,她就是个孩子,需要照顾。"听听情圣这母爱泛滥的话,估计谁听见了都想把巴掌往他脸上招呼。

"我也是孩子,我也需要照顾,怎么不见你表示表示?"

"你身后的备胎能组成一支足球队,还需要我来表示?"

我斜他一眼,冷笑:"没你的女神多,人家的备胎能组成一支军队,扫平岛国不成问题。"

情圣听了脸色就黑了,许久他默默地转身。想了想,还是回过身对我说:"她是爱我的。"

"嗯,爱你的。"我耻笑他,"爱得折磨你、挖苦你,反复地伤你的心,爱到让你伤痕累累。"

情圣摇头,不知道是什么意思。

几天后,我又接到了他的电话,他的声音很低沉:"我失恋了。"

我直接挂了电话,不想再听他啰嗦,在我的观念里,情圣就是一个没骨气的备胎。都说做人不争馒头争口气,他这种自暴自弃的"爱情"模式,只会让我这种脾气暴躁的人抓狂。

情圣可能是失恋没处找人倾诉,下班的时候守在我家门口等我下班,这让我不得不怀疑,他到底是不是因为借着"失恋"这个理由来勾搭我这个潜力大龄女青年。

"陪我吃个饭呗。"

"关于聊失恋我没空。"

"我就是心情不好。"

"都是作的。"

他点头一副认错的样子:"是的,都是我太贱了,我想通了,这一次我不会再回头了。"

听到这句话,我对他竖起了大拇指:"走,陪你吃饭。"

吃饭的时候,情圣又喝了很多酒,他的眼睛红红的,他说:"解脱了,也想通了。喜欢她的人那么多,我算什么呢?男朋友?连备胎都不如!第一次靠近她的时候,幸福得要死。后来经常遭到打击,我也活得很忐忑,有时候吃个饭心里还想着要不要备个银针什么的。"

那晚,情圣喝得烂醉如泥,可就算如此,他还能一直絮絮叨叨地跟我说自己是真的放下了。

但愿,他是真的放下了。

3

一个月后,情圣火速恋爱。

当我看到他的小女友时,我的下巴都掉了下来。

对方是一个娇小型的女生,瘦瘦的,大眼睛,属于乍一看很可爱,再看还有点小清新的妹子。

妹子站在他身边,在他下巴以下,这不是二次元流行的最萌身高差么?

情圣带着我们一起去爬山,一路行程他对妹子嘘寒问暖,生怕有个磕磕碰碰,这关心的程度不亚于对白富美的热情。看他们这么恩爱,我一来感觉到欣慰,心想情圣终于是想通了;二来,我深深感觉到了自己是个电灯泡,而且是特别亮的那种。

因为这次见面,妹子要了我的联系方式,经常有事没事跟我聊天,从话语中我感觉到了她对我跟情圣的关系表示担忧。

我大大咧咧地说:"我们是哥们,他把我当男人看。而且他就算喜欢女人,也不是我这种,他喜欢白富美呢。"说完的时候,我觉得自己说错话了。

不过妹子没有多想,反而放了心,把我这个"潜在"的情敌剔除。

就这样,情圣跟妹子经常出双人对,从来不喜欢秀恩爱的他,把他跟妹子的合照不断地放在社交平台,让一大堆的单身狗点赞的同时还酸溜溜地来一句"秀恩爱,死得快"。

其实,对于情圣这段来得快的爱情,我也表示过怀疑,因为他为白富美可是耗费了多年的精力,说夸张点那就是要死要活的,让人觉得是死皮赖脸,一点男人的尊严都不顾。他能这么快投入下一段感情,也太令人费解了。

可事实是,情圣秀了半年的恩爱后,跟妹子步入了婚姻的殿堂,之后不论参加什么聚会都会把妹子带着,逢人就说"这是我媳妇"。就算偶尔没带上妹子,到晚上十点也会抓着手机说"再不回去媳妇就要担心了",然后匆匆而去,一改以往跟狐朋狗友玩到深夜的习惯。

哥们笑他"妻管炎",他也不排斥这个称呼,反而乐于听到这个词。

对于这件事,当时嘴还挺贱的小魏说了这些评价:这小子就是被伤透了,暂时找不到寄托,刚好遇到一个女人,就迫不及待地抓住了她,不是说人在落水的时候,就算旁边有一根稻草也想抓住吗?他想得到救赎,可抓了一根草有个屁用?

对此,我没发表任何意见,因为对于情圣快速恋爱这件事,虽然我心底也很怀疑,可他人的事情,是是非非也不是我们这些人一时半会能理解的,所以还是不要乱猜测的好。

4

婚后的情圣成了一个居家的好男人,到点就下班陪妹子。平时就算出席朋友聚会,也不超过十点。之后,妹子怀孕了,他更是成了"宅男",除了办公室就是家,哪也不去。

妹子有时候出门走走，他都小心地跟在旁边，还死死地牵着对方的手，生怕自己松手，妹子就会消失了一样，那股紧张的劲谁提谁牙酸。

见情圣彻底淡出了自己的世界，白富美也不知道是不甘心，还是觉得寂寞。她趁着妹子怀孕到八个月的时候，主动联系了情圣。

联系的理由是：我出了点事，你能不能来。

当时白富美发这条信息给情圣时，他正邀请我陪他买亲子类的书，情圣一个劲地对我说："你是个写小说的，应该知道哪些书比较实用，万一在书店看到是你朋友写的，我还能给他们增加销量。"

当他看到白富美的信息时，脸色就沉了下来，我很八卦地凑过去，看到了她的短信。

"哟，"我立刻讽刺，"是不是很想过去呀？是不是动摇了？"

情圣平静地收起手机，他说："我会过去，但不代表我是动摇。"

我翻着自己招牌性的白眼："平时对你老婆那么好，都是故意装的吧？"

"才没有！"情圣激动了，"我对老婆是真心的。"

"既然是真心的还要去找前任。"我冷嘲热讽，"你真要是有点真心，就应该拉黑她，断绝和她的一切联系。"

"她是我的初恋，是我耗费整个青春去追求的女人。我知道作为已婚人士,这段过去我是应该要放下,但我无法做得那么潇洒。"情圣慢慢地说着,"有些东西放在心里是包着纸的刺,把纸拿开它会刺你,所以我需要拔掉它!"

然后,他书也不买了,直接开车去找白富美。

几天后他给我打电话试探性地问我有没有跟她老婆说了什么话,我问你跟你老婆出问题了?她说他老婆最近总疑神疑鬼的。我立刻澄清自己并没有在他老婆面前说任何不该说的话,但是女人的第六感很强,也许她能感应得到也说不定。

许久,情圣说:"我拔掉了刺,可老婆的患得患失,也慢慢成了我心里的刺。"

我立刻劝慰:"你不能这样想,她伤害你的一片真心,可是你老婆从始至终都没有。"

情圣沉静了片刻说:"我知道了。"

后来,妹子给他生了个又白又胖的儿子,两个人的关系变得更加甜蜜。

有人问他为什么对一个女人的热情能从婚前持续到婚后,他总是神秘地笑着,就是不回答。久而久之,他的婚姻成为朋友圈的佳话,而情圣也被列为好男人的模范。

5

情圣真的忘掉过去了吗？

女神在他心里一点地位都没有了吗？

有一次闲谈，他道出了一些我们不知道的事情。

他说：我喜欢她喜欢了十年，那么漫长的时间，我的世界都是她，仿佛她不见了，我的人生都黑暗了。对于备胎这种事情，我比你们都清楚，可那时候我没办法放手，因为一旦我见不到她，心里难过得就像要死掉一般。我只是她世界里的一个角落，可是她却是我的全部。

那时候，她说什么就是什么，我从来不敢多说一个字。

她不断地让我滚，我只能滚。

她心情好的时候，又召唤我回去。

我像一只摇尾讨好的狗一样，立刻回去跪舔。

没有她的生活，我似乎活不下去，做什么事情都恍恍惚惚，满脑子都是她的影子。

我以为这是爱情，可在对方心里，这不过是一个随时会腻的游戏。

有一次，我在她手机上看到暧昧的短信，就随口问："他是谁"，她就勃然大怒，回我："难道我还不能跟异性聊天"？

我当时只是紧张，随口问问，并没有说什么过激的话，结果她反而比我更激动。有人追她是好事,这说明她优秀,也说明我有眼光。可我问一下心爱的女人,给她发短信的男人是谁也有问题？

那时候我才明白,我自认为是她的"男友",可在她那里或许连"备胎"都不够格;她只是在有事的时候才会想到我,没事的时候,我什么都不是。

心是一点一点的死掉的, 参天大树枯死不是一朝一夕,它是从根开始腐烂,最后无药可救。我是绝望了,才选择离开。

我安慰道:"谈恋爱成功了那才叫恋爱,不成功那叫青春。"

他涩然笑道:"是啊,一段疯狂的青春。"

"后悔了？"

"每个人都有一段过去,谈不上什么后悔不后悔,而且我也找到了属于自己的幸福,那些往事就随风吧。"

我认真地问:"你当初跟你老婆在一起所表现的爱护,是真心的吗？"

"有时候你真的要相信一见如故。"情圣说,"分手后,我哥们看不下去,给我介绍一个妹子。结果见到她的时候,我仿佛有种似曾相识的感觉,她跟我说话的时候,我也觉得很合拍,而且她的性格,她的某些见解都是我所喜欢的。"

"那为什么你还要见那个女人？"

"我说过,我只是想拔掉戳我心口的刺！"情圣继续说,"那

51

天我见她,她也说了一些软话,并且抨击我老婆不好看,甚至引诱我在老婆孕期出轨。"

"你把持住了?"

"我知道她只是不甘心,并不是爱我。有些人就有这样的性格,有些东西拿在手上时糟蹋,但是看见别人到手后爱不释手又不爽,想抢回去继续糟蹋。"情圣分析得头头是道,"我见她就是为了斩断我跟她的过去!"

他顿了顿,又说:"有段时间,老婆的患得患失让我很迷茫,可你的话又让我有了信心。也许是因为怀孕了,所以才会让她没有安全感。后来,我就更加细心地照顾她了。"

听到这些话,我感到颇为欣慰,情圣终于走出了牢笼,开始了新生活。

从一开始就不对等的爱情,注定要被辜负。

可这个世界,没有谁少了谁就活不下去。如果分手后,你长时间走不出困境,那只不过是你给自己上了枷锁。

陪伴是最长情的告白

我要陪你哭、陪你笑,陪你走过每一个街角。

哪怕天荒,就算是地老,亦或是你早已不在这个世界。

你依旧在我心口的一角,成为我这一世的羁绊。

1

我经常关注离小区门不远的一个路口。

路口很现代化,路不但平还很宽,红绿灯看着也相当的大气,分分钟显示出我大合肥的经济发达且与众不同。

当然,作为伪文青,我的关注点绝对不会这么肤浅。在多数时间,我的眼光都落在路口那边不和谐的地方。

为什么说"不和谐"呢?因为在现代化的路口的一角,还有一块凹凸不平的泥巴地,大概能站三五个人,有段时间几个工人过来把泥巴地给填了,结果第二天又变回原样,如此反复了几次后,那块地就这么"不和谐"地存在着。

后来我才知道这块地"不和谐"的原因是有个大爷在那

做顽固的斗争,每次施工队来的时候,他总想方设法地阻挠,阻挠不了就等泥巴地修成水泥地的时候拿锤子一点一点的敲碎。这让各方人员都头疼,阻止吧对方年纪大,怕他身体出问题,谁也承担不了这个责任;不阻止吧,这天天有事没事敲水泥实在影响市容。

经过一段时间的对抗,以施工队妥协告终。大爷就成为了真正的"大爷",他就坐在那里整天发呆,心情好的时候还会坐在那里折些千纸鹤和五角星之类的东西,浪漫的情调不输给现在的少男少女。

对于大爷霸占一方土地而无人敢撼动这件事,我那死宅邻居大程感慨这位大爷是"人生赢家",然后又暗自懊恼,自己要是有大爷这股韧劲,恐怕也是妹子追到手,不用过寂寞的下半生了。

大程身高183,只是突破两百体重的他时常嚷嚷着减肥却不付诸行动,"控制体重才能控制住自己的人生"是他的座右铭,但也只是嘴巴上说说。

好在大程长得不算丑加上身高这个加分项,勉强给他一个"壮实小伙子"的称呼。

我问大程他想追的妹子是谁,他总是一副无奈的样子,后来我才知道,他连人家妹子叫什么都不知道,甚至都不知道她住在哪,从事什么工作。

在某次机缘巧合下,大程得知妹子常在早上七点半这个时间段坐118路公交车上班,为了能接近妹子,他丧心病狂地转车坐118路公交车,跟了几站后再下车打的上班,土豪得让人想揪住他打劫。

2

据大程说,他跟着妹子坐了一个多月的118路公交车后,终于鼓起勇气找妹子要联系方式,没想到妹子居然没拒绝,然后他们成为了好友。

可是这个好友也是"僵尸"化,他不知道找她聊些什么,偶尔找一些自认为有趣的话题,妹子总是以"呵呵"开始,再以"呵呵"结束。就算这样,他也觉得很满足。

我跟他说,人家妹子这是鄙视你,知道"呵呵"是什么意思吗?跟骂人没什么两样。

大程就不高兴了,他说,"呵呵"怎么了?"呵呵"这么完美又好听的词汇,怎么就是骂人了?

我摇头说,你这样的资深死宅肯定懂"呵呵"的意思,你心底的痛,我懂。

然后大程就揪着心口的衣服喊痛,求我别插刀。

突然又一次,大程敲着我的门鬼叫,说:"她回我了,她回我了!"

我开门问："什么回你了？"

他把手机递到我眼前，恨不能贴在我的眼睛上："她回我的状态了，第一次。"

定睛一看，我无言以对。

难怪他这么多年都单身，情商低是硬伤。

3

后来某一天我忍不住跟大程说，你这样追妹子不行。

他问我，那要怎么追？

我指着路口正在折纸鹤的大爷说："学学人家大爷。"

"做个大爷？"

这是什么脑子才会有这么扭曲的理解？

我瞪着他："学点小浪漫，折纸鹤，叠星星什么的虽然老土，可是很实在。"

大程一副"好吧，我输给你了"的表情，然后居然屁颠屁颠地跑去找大爷说话去了，看得我真想戳瞎眼睛。

几次"学艺"后，大程也像模像样地折起了千纸鹤，而且他有事没事就往路口跑，听大爷讲故事。我说他无聊，他说我搞不清状况，他说大爷是一个有故事的男人。

我最喜欢有故事的人，所以心里也痒痒，但碍于面子没有行动。

半年后,我住的附近开了一家奶茶店,惊奇的是大程追的妹子经常光顾这家奶茶店,后来才知道原来开这家奶茶店的老板是妹子的表哥,所以她偶尔会过来帮忙。

当然,大程得知后,经常跑去奶茶店支持生意,还经常是那种只付钱忘记拿奶茶的十佳好顾客。在他被老板喊回去的时候,他会再要一杯,然后他会带着两杯奶茶去找大爷,就那么席地坐在大爷旁边两个人有说有笑。

再过了半年,大爷来路口的次数越来越少,大程也跟妹子谈起了恋爱,两个人恩恩爱爱的。大爷知道后,送了一盒子千纸鹤跟一大瓶星星给他们,说是送的祝贺礼物。

也许爱情总是初期是甜美的,而经过长时间的相处,矛盾会愈发地凸显。大程跟妹子之间也有了纷争,起初大程还能像个男子汉一样的让着妹子,后来就算是妹子在他面前哭也无动于衷。

有时候,他们吵的厉害,我听到后会劝劝他们,但是大程就是一个态度:我们的事情,你这个外人别管,也管不了。

我问:"你为什么不让让女孩子?"

他说:"为什么总是我让着她,为什么我非要听她的?"

我说:"要是以前你没追到她的时候,还不是她说什么你就做什么,又不是什么过分的事情,能满足就满足。"

大程就以沉默来抗议我这个"和事老"。

4

大程跟妹子分手是在冬天，妹子将他之前送给她的千纸鹤、星星之类的东西甩到楼下。

她心灰意冷的说："男人的感情靠不住，追求的时候都那么热烈，等追到手就变得冷淡，我是看透了，去你的这些东西。"

然后妹子跑进了风雪中，大程也不去追，我们这些看者都劝他低个头认个错，可是他就是倔脾气，死活都不肯，说什么随便她去，大小姐的脾气他扛不住。

就在我们以为大程和妹子就这么完了的时候，大爷抱着一些彩纸颤巍巍地走了过来。他看了看大程，又看着雪地上五颜六色的千纸鹤以及星星，那些散落在地的星星很快地被飞舞的雪花盖住，而千纸鹤要么被压在地上，要么随着冬风飞卷。

"作孽哟。"他弯着腰捡着这些东西。

大程上前阻止："别捡，她不要就算了。"

"你们吵架了？"大爷仰着脸问。

大程鼓着嘴巴不回答。

大爷叹气："你们这些小年轻，就是爱折腾。"他的手指一层一层的拨开雪，然后仔细地挑出雪里的星星，再小心翼翼地装进口袋。

良久，他低声说："年轻的时候，我跟你一样。后来呢，知道自己做错了，可错了就是错了。"

大程依旧不说话。

我问："怎么错了？"

大爷说："我以前也喜欢一个姑娘，她也住在这边。"接下来，他说出了一段让他难过的往事。

五十年前，大爷作为知青下乡，遇到了一位美丽善良的姑娘，但由于腼腆他也不敢表白，只是有意无意地接近她。

在那段暗恋的岁月里，他写下了很多的日记，但都不曾把自己的心意传达出去。而那时，她特别喜欢小东西，拿着一些废弃的纸折叠一些纸鹤，而且还非常跟潮流，搞一些欧美风的东西，所以她经常被归为异类，生活也不是很好。

不过他支持她、鼓励她。

虽然没有经过任何的表白，两个人就顺理成章的成为情侣，最后结婚。

婚后，他们过了一段和谐的岁月，只是后来他们之间也有了一些矛盾，其实最初都是一些鸡毛蒜皮的小事情，最后变得愈来愈不可收拾。尤其是他，看她越来越不顺眼，觉得她脾气暴躁还不可理喻，与当初恋爱的时候完全不一样。

最后，他干脆不回家，孩子也懒得管，家里家外都是她一个人在操持。

多年后,她病重,子女让他见她一面,他没去。

在她过世后的第十年,偶然间他翻到了她的日记,看着看着,情绪就控制不住。那些日记都记载着零碎的记忆,原来在多年前,他们是如此的恩爱过,他也是那么的喜欢过她。

只是后来,他没能理解婚后的她,面对琐事而变得唠叨、烦心、抑郁。

他只知道她不可理喻,也从不去想她心里的酸甜苦辣。

甚至,每次她想找他谈心的时候,他都粗暴地拒绝,让她不得不把所有的委屈和想说的累心事一个人压在心底。

不是她变了,而是他不再有耐心,不再考虑她的感受。

很多所谓的矛盾,不过是一些小事,两个人坐下来面对面地谈一谈就可以解决的事情,因为这些缘故,变得一发不可收拾。

而再回首,他们已经没有了重来一次的可能。

他想找一些记忆,可是也只能用回忆来缅怀,却不能用自己的实际行动来弥补这些年来,自己对她的亏欠。

相聚总是短暂,别离总是漫长。

时光匆匆,光阴荏苒,原来一辈子这么短。

于是往后的这些年,他一个人坐在一角,守着他们相遇的地方,一遍一遍地折着千纸鹤,叠着星星来缅怀她。他觉得,用记忆来想念她,也是一种陪伴。

大爷说:"绚烂也许一时,平淡走完一世才是最好的结局。那时候我不懂,现在我只能用回忆来记得她。但现在身体越来越差,我也不知道自己能不能活得过这个冬天,不过多活一天,我就多想她一天,那样,我就觉得,她还活着,活在……我的记忆里。"

最后,大爷还留了一段特别深沉的话:

爱情最初总是美丽的,它让你因为思念对方而茶不思饭不想,它可以让你魂牵梦绕,它甚至可以让你彻夜难眠。可当你得到那个人的时候,梦变成了现实,那些虚幻的爱变成了真实的相处,你们除了面对柴米油盐,还要扛着世俗的琐碎。

现实碾压了你的热情,惰性让你不再顾及对方的感受,久而久之两个人的心越来越远,最后变成了不可调和的矛盾。改过,这份感情能走到最后;放弃,那么它终将枯萎。

5

大爷最终没扛过这个冬天,他还是平静地走了。

而大程也开始反思自己,最后他发现,妹子并不是那么地不可理喻,而自己确实有很多不对地地方,例如她在忙着家务的时候,他在看动画新番,有时候甚是在打游戏,吃饭的时间任由她怎么喊也无动于衷。

如果是在恋爱初期,别说动画新番和游戏,就是在地上有一千万需要花一分钟去捡和三十秒内必须见妹子之间抉择,他也一定会选择后者。

人总是这样,面对自己追逐的猎物总是一心一意,一旦猎物成为盘中餐就变得不那么抓心了。不是猎物不够美味,而是人不懂得珍惜。

大程重新追求妹子,他经常光顾奶茶店,妹子很少去帮忙,但一旦她在,他一定会死皮赖脸地坐在那里。

我问大程:"再追回妹子,你还会这样吗?"

他说:"我知道大爷的意思,人要学会珍惜。"

我觉得现在的大程成熟了,至少他能理解别人想表达的意思,懂得珍惜一个人,珍惜一份感情。

"那你怎么表示自己的真心?就这么等下去?"

大程很文艺范地说:"我要用陪伴的方式来感化她,因为陪伴是最长情的告白。"

爱情是什么呢?

它是初见时的心动,暗恋时的甜蜜,相恋时的悲欢离合。

时间能冲刷爱情的浓度,可岁月也会记住一些点点滴滴。

两个人在一起总会有种种矛盾,但不要因为细小的琐碎,忘却了爱对方时的承诺。

始于初见,止于终老。

于是这一生便是完整的欢喜。

第二章

最美好的爱恋
就是你也恰巧爱着我

最美好的爱恋就是你也恰巧爱着我

1

2013年,我在长沙离职后回老家修身养性。作为众人眼里的小资女,我并没有做小资的事情,什么在星巴克边喝咖啡边写小说,什么端着咖啡坐在整面墙的液晶电视面前看电视,什么穿个衣服都是文艺小清新,什么照一张相都是逆光45度角。

别迷信小清新,那都是屌丝为了照片美观而作秀出来的,现实中估计跟我相差无几,如写小说的时候顶着一个星期没洗的油腻头发对着电脑；看电视都是在电脑上解决，想看哪集就哪集，看到不爽的演员可以快进，就是这么任性，妈妈再也不用担心我砸键盘啦！

当然，在这个无所事事的时间里，我混迹在一个奇葩的圈子里，它叫："那些令我们脱胎换骨的书籍"。

这里有什么书呢？例如《怎样当一个合格的班干部》《怎样做保安》《如何在网上聊天》《如何在KTV出人头地》《写得像郭敬明一样好》等一系列令我们刮目相看以及身心舒畅的神书。

看这些神书的时候，我还在这个圈子挖出了同在一个小镇的年轻人小晚。

小晚跟我差不多大，二十四五岁左右，穿着打扮一副文艺青年的样子，细碎的头发可不就是目前被狂追的花美男造型么，只不过他的举手投足之间，都透着浓浓的痞气。

第一次与他有交集是在某论坛，我这里推荐奇葩书《写的像郭敬明一样好》，他在那边狂跟帖，说什么当初他跟书里的主角一样为了追妹子不停地看郭小四的书，为了更贴近妹子的内心世界，还特地染了个黄头发，时常摆出45度角看天空，逢个阴天还能装忧郁，遇到太阳当空、阴雨绵绵、雪花飘飘的日子那简直是造孽。偶尔不回家跑去食堂吃饭，然后吃得泪流满面，最后写几句心碎的郭小四的话来吸引妹子的关注，可他做出这些感天动地的事情后，不但妹子没发现他的心意,还被火眼金睛的老师捉住了,因此他被老师揪着耳朵送到校门口罚站,引来围观无数。这件事至今都成为别人拿出来臭他的黑历史。

对于被荼毒的大好青年,激起了我心底的八卦之心,我不断地发帖求具体事件的来龙去脉,可每每提到妹子,他就一副"往事不堪回首"的忧伤少年样,潜水了。

每次他潜水的时候,我的心就像是被什么捉住了往死里钻牛角尖,就是想要抓他出来问个明白。因此在论坛上,我对他循循善诱,不定时地"勾引"。例如,哎呀,我也有过一段跟你喜欢的妹子一样的经历,也曾年少无知喜欢过他的作品,说不定我跟你的妹子长得像。

他言简意赅地回我:爆照。

我当然要保持神秘感,随便丢几个Q版动漫萌妹子来滥竽充数,对方明显不吃这套,继续潜水,无奈之下我只能丢下我的联系方式,把自己的照片抛了出去。

经过十层PS的失真照片,拿下小年轻的任务就靠你啦!

没想到对方第一句话是:真丑。

接着追加一句:不过丑的有个性。

拉黑不解释!

2

拉黑了小年轻后，我继续在论坛推荐其他的奇葩书，每天跟网友们打成一片。

就在我渐渐忘了小年轻的时候，他可耻地冒泡了，留言给我：你怎么把我拉黑了？

我高贵冷艳地甩头，继续回复其他网友就是不理他。小年轻最后被我冷落急了，像是宠妃被打入了冷宫，此刻急需翻身。

他坚持不懈地留言以此吸引我的注意，最后我才勉为其难地回复：还跟姐姐拽吗？

小年轻没再回我。

哼，玩吊胃口的游戏，姐姐耗得住！

没过两天，小年轻屁颠屁颠地来回我：其实你长得蛮像我的初恋。

哟呵，看来十层PS过的美照片，还是有威慑力的！虽然我看出了这是男人想搭讪的伎俩，但我还是装作不知道。

就这样，我们重新加为好友，聊了一段时间后，他约我见面，我原本故作矜持地拒绝，没想到他说：出来我就告诉你我跟初恋的故事。

好吧，作为一个资深八卦作者，我对这种风花雪月的故事是很感兴趣的，万一故事很美还能当作素材写进小说，如果能顺利出版的话还有稿费，多么一举两得的美事。

跟他见面的时候，我的眼睛一亮，这是花美男无需赘述。

"网友见面就不说真名了，叫我小晚。"他很干脆地坐下，然后搅拌着咖啡，看了我一眼后说，"没照片那么漂亮，不过还行。"

"女人的照片要减30分的道理，你懂的。"

"我也没指望你是大美女！"小晚笑，然后笑容就那么凝结在脸上，忽而变成了忧伤，"不过你真的很像她。"

"初恋妹子？"我挑眉，"看你的表情，我猜你们的感情要么是无疾而终，要么是一方移情别恋，要么你就是单相思。"

"嗯，单相思，遥远的单相思。"他转脸看向窗外。

此时的天空碧蓝如洗，他斜坐在我对面看着云卷云舒，目光没有了焦距。

许久，他一边喝着咖啡一边跟我聊天。末了，他说："你以前在哪读书？"

"这个镇不就一个小学，一个初中，一个高中，我能在哪？"

"那看来是学姐。"

"你怎么就知道我是学姐？"

"因为跟我一届的或者比我矮一届的都认识我。"

"名人？"

"哈,不说这个了。"小晚起身,"去母校看看?"

我没拒绝,跟着他从小学走到初中再逛到高中,来来回回走了三个多小时。而在这三个小时里,他告诉了我那段尘封的往事。

他有个青梅竹马的邻家妹妹阿岚,两人家住在对面,而且他们的卧室隔窗相望。她生活在单亲家庭,妈妈含辛茹苦的将她拉扯长大,并把所有的希望倾注在她身上,所以她的世界只有学习,学习。

他在班上玩世不恭经常不听课,有一次老师拉着他上黑板做习题,还说解答不对就退学。他用了几秒钟就把答案解答出来,老师以为他作弊,临场出了好几个题目,但是他却全部解答了出来。

他很聪明,很多东西看一遍就会,可是他却不愿意考高分。只因有一次,他在无意间看见了阿岚的日记。从上面他得知,原来她那么在意分数,在意到有人超过她一分就会不安,就会烦躁到彻夜难眠,所以他故意不答题,怕给她带来烦恼。

16岁的少年,懵懂的爱恋。

年少的他默默地喜欢着阿岚,想说又没有勇气,鼓起勇气又怕被拒绝。每次和她有目光的接触时,他就心虚地想要逃,怕她看出了他喜欢她的心思。可是看不见她时,又抑制不住去思念,明明有机会和她在教室单独相处,可是又非常的胆怯和不安。

她扎着麻花辫子,他故意说很丑,一转身就改口"其实很好看"。

每次她一个人在教室自习的时候，明明不会抽烟的他,佯装自己为了抽烟而留下，他觉得这样可以显得自己很帅气。其实,他只是担心孤身一人的她害怕,也担心她一个人走在回家的夜路上。每次他被烟味呛得快流泪的时候,他装作擦眼睛,可是视线却始终落在她的身上。后来她说吸食二手烟有害,他就再也没用过抽烟的伎俩留在教室,而是每晚蹲在校门口,见她出门,就远远地跟在她身后!

他们是邻居,两个人的房间隔窗相望,她的房间总是到很晚才熄。透过窗户,她偶尔会从堆积如山的资料中抬头,然后便看到了对面的他慌乱地别开脸。

知道她喜欢郭敬明就拼命地看郭敬明的书,明明不喜欢内容还是坚持看完,为的就是爱她所爱的一切。

年少的他,用最愚蠢最笨拙的方式来表达自己的爱。

他想靠近她,又不想被她发现自己的心思,只好用欺负的方式来掩饰自己的喜欢。

他关心她、保护她,可却不敢说出来。

他喜欢她、爱慕她,面上凶恶,却在无人的角落一遍又一遍地告白:阿岚,我很喜欢你!

喜欢你这种话,他说过不下于千万遍。

可那又怎样呢?

他从来都没有在她面前说过。

想牵她手的想法冒出过无数次,可每次在伸出手的时候,又缩了回来。

某次,他听见有几个好事的人起哄,说什么看到阿岚喜欢他,理由是阿岚走在他后面的时候,会故意伸手,借着阳光的影子看起来就是牵手。他听后非常的震惊也非常的高兴,因为像阿岚那样,伸手和他影子重合,做出牵手的假象这种事情他也偷偷地做过很多次,可也只是偷偷的,偷偷的……

那天下晚自习,他留下来陪阿岚,原本心里想着告白,可总是说不出口。

阿岚在教室里看着他,张嘴就问:"你在等我?"

"才不是呢,你又不是我的谁,我干吗要等你!"他慌乱地说了一句后就跑出教室。

瞧,他就是这么没出息!明明想对她说喜欢你,可到最后还是说了一些负气的话,就落荒而逃。

"因为那次,你们就错过了?"中途,我插了一句。

"那晚她死了。"小晚的眼睛红了,"我连表白的话都来不及说。"

原本我还想问其中的过程,可这毕竟是伤心的往事,我再八卦,也不敢再继续深究缘由。良久,等他情绪平复后,我们各自回家。

3

我在网上搜索有关学校的新闻,没事的时候跟一些学弟学妹聊天,在说到学校的时候,会装作不经意地问问是不是他们那届某个女学生死亡的事情。终于,有个跟小晚同届的学弟说:"你说的是阿岚吗?她可是有名的学霸美少女,可惜在一次晚自习回家后,因为她踩空了一脚掉进了水沟引发了心脏病而猝死。"

得知这些后,我试图再次联系小晚,当我给他留言"在不在"这么欠扁的开场白后,那边直接回复:学姐有没有空,有空的话陪我回一趟老家。

我秒回:行。

在约定的时间内,我跟着小晚去了他老家。

小晚的老家在农村,很普通的上下楼,两层,与他家对面的也是两层上下楼,不过不是平房而是土和泥结合的瓦房。

"阿岚走后的半年,我也跟着父母搬家。之后,我都没勇气回来看。我怕看不到她,这也就意味着,她真的从我的世界退场。"小晚的声音哀哀的,"只有远离,我才能自欺欺人地以为,她还活着,只是我没回来,所以看不到她。"

看,这就是缅怀一个人最拙劣的方式。

可是他能怎么办?逝者不会回来,生者还在生活。

他从口袋里摸出一把钥匙开了门，里面空荡荡的，说一句都回音好久。跟着他踩着水泥楼梯上了二楼，小晚推开窗户，我看到对面的的窗台，破旧，灰暗。

"那时候我一偏头就能看到她趴在书桌前写作业，有时候一看就是几个小时，怎么看都不觉得腻。"

几乎是同一时间，对面的窗户打开，一个中年妇女的脸跃入我们的眼眶，对方的脸上布满了黄褐斑，眼袋也大得不同常人，眼眶周围都是红的，像是经常以泪洗面过日子造成的。

见到我们，对方怔了怔，许久朝着我们招手。

"是阿岚的妈妈。"

小晚说着急匆匆地下楼。

女人很久才出来，手里拿着一叠画册，她交给小晚说："以前阿岚画这些东西，我知道后打了她，之后她在晚自习回来的时候越来越晚。我就这么一个孩子，我所有的希望都投在她身上。"说着说着，对方的眼泪吧嗒吧嗒地往下落。"她正处于高中，正是学习的关键时期，我不允许她分心。"

小晚接过画册，表情有些茫然。

"这是画给你的，我一直留着。"女人继续说，"这么多年过去了，我不知道怎么处理它。"

4

小晚拿着画册跟我回屋子,上了二楼。

他坐在靠窗的位置上,朝着窗外望了一眼。

从他悲怆的眼光里,我知道他在回想过往。房子或许还是之前的房子,窗户也许也没曾换过,只是遥遥相望的对面,女主角已经不见。

小晚一页一页地翻着画册,里面都是些用铅笔勾勒出来的画,因为时间久了的缘故,某些场景开始斑驳和灰暗,可是那些纤细的线条和细腻的画面,可以得知,画这些画的人是那么的认真和用心。

第一幅画,一望无际的天空,白云飘浮。高耸的教学楼上,一脸朝气的男生斜坐在天台上看着天空,微风吹起他飘逸的碎发,站在教学楼下面的女生抬手遮住阳光,唇角含笑着望向天台。画的主题是:遥望。

第二幅画,女生坐在灯火通明的教室里,男生靠在教室门口吸烟,他仰着头看着外面的繁星,而她的眼角却偷偷地看向他。画的主题是:注视。

第三幅画,男生背着书包走在前面,女生低着头跟在他身后,她抿着唇,脸颊绯红,她伸出手,手掌和男生手掌的影子重合。画的主题是:牵手。

第四幅画,穿着一身骑士装的男生将那些长相猥琐的妖魔鬼怪击退,被他护在身后穿着漂亮公主裙戴着王冠的女生紧紧地抱着他的腰。画的主题是:骑士。

第五幅画……

第六幅画……

……

一共有五十多幅画,上面都是男生和女生的互动。

看着看着,小晚的眼睛在不知不觉中盈满了泪水。

明明是很平静地看着这些画,明明他的表情没有太多的情绪波动。

可是,这些,都在瞬间,爆发。

眼泪轰然砸在画纸上,清亮的液体渗透纸张,晕染了铅笔画,画上的少年的脸渐渐模糊,而少女的微笑,愈发的甜美动人。

那个少年,就是他,少女,是阿岚。

最后一幅画没有人物,只有风飞的花瓣和伸出来的枝叶。

主题是:喜欢你的心,不知道该从何说起。

5

"可恶！"

"混蛋！"

"我真是该死！"

小晚的拳头一下又一下地砸在墙壁上，"咚咚"的撞击声传达出他内心深处的懊悔。

"我为什么不等等她，为什么不等等！"

"明明很喜欢，却要说负气的话，然后丢下她。"

"走的时候，又看着教室去表白，说喜欢，说交往……却……却……"

从他的言语中，我的脑海里勾勒出一幅幅画面，这些画面还原了当时的场景：

那一年，仲夏的夜，星光拥抱着月亮，迷离的晚风撩拨着他悸动的心。

人渐稀少的教室里，坐在后排的小晚修长的腿吊儿郎当地架在桌子上，目光却悄悄地落在前排正在奋笔疾书的阿岚脸上。

那时的她正聚精会神地解答一道棘手的习题，眉头微微皱着，额头上渗出细密的汗珠，清澈的双眸里除了习题，再也不关心其他。

没来由的,他异常的烦躁。

当教室里只剩下他们时,明明可以两个人独处,可他的心底却升起了说不上来的尴尬,让他坐立不安。

良久,阿岚的手轻轻颤了颤,她缓缓扭头,目光与他四目相对。

小晚下意识地别开脸,脸颊一阵发烫。

阿岚在教室里看着他,张嘴就问:"你在等我?"

"才不是呢,你又不是我的谁,我干吗要等你!"他慌乱地说了一句后就跑出教室。

那时候的他是那样的喜欢阿岚,喜欢到用欺负她的方式来引起她的注意,可是明明两人有机会独处时,他又退缩和怯弱。

一口气冲到楼下,他的脚步放缓,走着走着,他顿下脚步一点一点地扭头,看向高楼耸立的教学楼,目光锁定在五楼,看着那间未熄灯火的课室,一遍又一遍地喃喃低语着:"阿岚,我喜欢你,很喜欢很喜欢,我们交往,好么?"

6

那一年,他坐在天台上,她站在楼下。

她抬头遮住阳光,只为遥望他。

那一天,他冲下楼,对着有她的教室默念:我喜欢你,很喜欢很喜欢,我们交往,好么?

年少时的暗恋,他一直以为是一个人的独角戏,没曾想到,另一个人,也和他一样,演着相同的戏码。

戏码有过无数的交集和重合,却没肯多逗留一刻。

而如今,却以这样的方式,让双方的心事明了。

致亲爱的你

2010我刚毕业就直奔珠海,朝着我的梦想进军——当一个漫画家。可惜我一腔热血地奔去,却没有混出个所以然,所以情绪相当的低落。

可就在这个时候你出现了。

我不想提起你的名字,因为每次提起,那些令我难过的情绪就像是潮水一般地冲了过来,难过得让我无法呼吸,所以我只能称呼"你",用它来替代你的名字。

那晚,我下班后一个人走在人潮稀疏的珠海街头,炫目的霓虹灯在头顶肆无忌惮地点亮前方的路,我百无聊赖地打开手机,却听到了滴滴的声音。这是QQ消息的提示音,我点开一看,是你给我发来的信息。

我愣住了。

我们什么时候不联系了呢?应该是在大一的时候吧,因为那时候我已经有了男友,而你得知后,也开始了自己的恋情。

从这以后,我们的联系变少,直到最后除了每年的除夕见个面几乎是再无交集。

你问:在干什么?

我回:在走路。

你说:看到你的状态,你写的小说上市了。

我回:嗯。

你说:还好你依旧在坚持梦想,把高中时的理想一步一步的实现。

我回:呵呵,我最初的梦想是画漫画,因为画不出来,所以把脑子里构思的情节写出来,没想到误打误撞走上了写作这条路。

你继续打字:当年我怎么就没坚持一下呢,把你这个潜力股拿下。

我想了想回:跟你女友怎么样了?

你说:很好啊,准备结婚了。

我回:那祝福你们。

……

后面聊的,都是一些细碎的话题。

我承认,我是分心了。

自从这次不经意地交谈。

我依旧如当年那般,淡淡地回话,淡淡地诉说着有的没的。

可关上手机,关掉QQ,闭上眼睛,还是能想起那年我们一起在元旦那天的晚上,和小朱一起敲诈你。

还是能记起,你在晚自习下课后,从怀里掏出一大包我喜欢的棒棒糖尴尬地塞给我。你低着头对我说:"对不起,我错了! 这是孝敬您的,还有,别被人看见了。"

我笑着接下这些糖,剥开一个就吃,然后对你竖起大拇指:"送的东西不错,是我的爱。"

为什么你要送我糖呢？ 无非就是在初三结束的那个学期,我的一个好朋友说现在男生没一个是好人,都喜欢勾搭漂亮的女生。我立刻严肃地回:"我一个朋友某某多么的正直又善良,见到美女眼睛都不斜一下。"可我说完这句话后,就看到你正在低年级校花的屁股后面追着跑,那满脸诌媚的笑容,让我有种想立刻冲上去把你打死的冲动。

因为这件"丢脸事件"我决定跟你划清界线,而你知道后在我们升入高中的时候,开学的第一个晚自习,你在校门口把我堵住,送给我一包糖。

其实当时我原本是想骄傲一点,拉长冷战期,可我还是可耻地被一包糖给征服。

如今想来,也只有你一人,对我的喜好了如指掌。

记得我生日,记得我喜欢吃什么,记得我很多很多。

为什么那个时候,我总是看不清最璀璨的流光是来自你的胸膛？

不是对你没有心动过,也不是没有认真过。

当那次你在朋友起哄时，牵起我的手的时候，明明是震惊的，可我还是因为"自己有喜欢的人"而默默地松开手回教室。

年少无知太仓促，总是坚持自己所想、所追求的，然后忽略身边的人。

那时候我不知道，有种纠结叫嫉妒，有种退缩叫在乎。

回想起来，那是高二发生的事情。文理分班后，我从理科班转到文科班，并且被分到了你所在的班级。在分班前，有关我们关系很好的传言就在朋友圈流传。

分班后，我们在同一个班级的"缘分"，让喜好八卦的朋友们炸了锅，他们纷纷撮合我们，可我们的关系依旧处于不温不火的状态。而他们表现的越热情，我就越刻意跟你保持距离，以免被误会，一切的缘由都是我心里住着一个人，他叫赵翼。

我跟他没有说过多少话，见过面的次数屈指可数，却没来由地喜欢上了他，眼力和心里都是他的影子，再也容不下其他。

那时候我不明白，女生在年少时都有一个虚构的男神形象，对方只是一个躯壳，他的性格、习惯，乃至一切的所作所为都是自己幻想出来的。这种靠着幻想营造出来的"爱"脆弱得不堪一击，可那时候，我不懂，固执地以为这就是爱，并祈求能与对方在一起。

　　因为这层原因,我们若即若离,渐渐发展成比朋友多一点,比恋人少一点的关系,我把它解释为"好哥们"。

　　那段时间,你我都是怦然心动的时光,却总是在相互关心中彼此折磨。

　　确切地说,是我一直在折磨你?还是我早就在犹豫中迷失了自己?让自己都看不清楚,让自己都不真切地知道,自己一直喜欢的人,其实是你?!

　　而,至今每每想起朋友们起哄我们在一起的那刻,我为什么没有反扣住你的手,就这样一直下去呢?

　　也许当初能果断一点,是不是今天的你我,会是不一样的?

　　现如今,我走在这个世界的每一个街道,看到人来人往,突然有种说不出的惆怅与茫然。

　　那些快快乐乐,仰脸欢笑的情侣们,相拥着与我错肩而过。

　　茫然间,想起了那段荒芜的青春,想起那年的那些人,他们的笑脸在我眼前晃晃荡荡,却让这种怅然若失的感觉愈拉愈大。

　　几年来,N个朋友都在问我:为什么你不选择他?那时候你们多般配,是我们心目中的最佳情侣。

　　那个曾给过我欢笑的你,至今我也在问自己:为什么当初我选择的不是你?

第二章
最美好的爱恋就是你也恰巧爱着我

　　我想起了高考结束后，我问爸爸："什么样的男人值得嫁？"

　　爸爸说："对你好的男人。"

　　我又问："某某行吗？"

　　不得不说，你在我们镇上算个小名人，因为你的家境优越，所以我的父母对你以及你的家境有所了解。

　　爸爸说："他条件太好，你可能无法管住他。"

　　我问："什么是管住？"

　　"就是让他听你的。"爸爸说，"想要男人一辈子对你好，你就得有权利，让你成为他生命中的唯一，这就需要双方有相当的实力才能匹配。"

　　爸爸的话，让我无端地退缩，让我丧失了基本的判断和主见。

　　现在想来，是我不信任自己，因为我从骨子里自卑。

　　自卑于我的身高，自卑于我不算漂亮的脸，自卑于我的一无所长。

　　我害怕围绕在你身边的女生，我害怕自己不够优秀，因为我本身的缺点很多。我甚至害怕有一天，等到的结局是很多负面报道上面的黄脸婆的待遇。纵使那个时候围在我身边的男生，一点也不比围绕在你身边的女生少，可我依旧如此不信任自己。

　　回忆最美不过隐匿于似水华年。

那个我囊括了所有气力去追求的梦想，曾以为遥不可及，可真触碰到手，就像破碎的玻璃，扎痛了手，却发现，这一切的苦与悲爱与恨，都只是一场虚无的泡沫，那不是我真的想要的。

真正让我挫败的是，我总是拿着身边的人与你比。

那时候才清晰地发现，我在乎的一直是你，可我自己却浑然不知。

当我发现这个处境的时候，我要尽快的摆脱你的影子。

因为我知道一切都来不及了，有些东西，错过了就是错过了，不可能再回头了。

而那些美好的记忆总是以最美的姿态定格在脑海中，被小心地收藏着。

这只是我一个人的纪念，华丽而盛大。

荒芜而张扬。

而所有的过往，如同纷飞的蒲公英，飞散在世界的各个角落，选一处，栖息，生根，发芽……

打开电脑，五年前写的《向前一步，向后一步》的八千字是纪念你我的故事，辗转多次，想在杂志发表或者在网站发表，最终还是让它沉寂在我的电脑文档里，又最终被我拖进垃圾箱，粉碎。

而如今，那个故事在我脑海里快模糊的时候，又愈发地清晰起来。

第二章
最美好的爱恋就是你也恰巧爱着我

　　我还记得最后的一段话是:你我是比朋友多一点,比恋人少一点的感情,那么是不是你向前走一步,我也走一步,就是与子偕老? 只是错过的你我,没有回头的路,逝去的时光里,是不是再回首,已经没了回想的勇气和气力?

　　那段岁月,于你于我而言,不过是梦过一场,终究要醒来。

　　看看你身边的女友,看看狼狈的我,我唯有默默地祝福你:珍惜眼前人!

　　从今往后,你向后退一步,我也退一步,再一步……

　　你我是朋友。

　　也只能,是朋友。

暗恋是一场纯真的独角戏

我曾看过数不清的暗恋小说和电影,也从身边的亲人和朋友那里听到一些有关暗恋的故事和感触。

每个人的青春里,总有几段刻骨铭心的爱恋,它们可能是欢喜的,可能是悲伤的,也有可能是遗憾的。年少时的恋情,多数以暗恋开始,以无疾而终作为句号。

1

初二那年我喜欢上一个男生,暗恋那种。

怎么喜欢上他呢?用现在流行的网络用语说出来那就是:当时年少无知,活得太二。

太二的意思就是做事鲁莽,做作,头脑简单,愚钝。除了"做作"这点,其他三点,年少无知的我都占到了。

初二时,我在回家的路上见到一个头发飘逸的帅哥,当时我迷恋日本漫画,恰巧他很有日漫风,就对他一见钟情。结

第二章
最美好的爱恋就是你也恰巧爱着我

果上学的时候，班上来了一个转学生，那个转学生就是我一见倾心的匿名帅哥，他还跟我成为同桌，最戏剧化的是，人家还是优等生。

脸赞+学习优秀=女生抱大腿的类型。

一不小心，我就这么抱住了对方的大腿，陷入了暗恋的漩涡中。

他叫赵翼，在学校他也算是风云人物。

他那张万众瞩目的脸，绅士般的气质，曾经迷倒万千少女，有他的地方，就有美女。好几次，我还充当信鸽帮爱慕他的女孩子送情书。

而他，也是我暗恋过的白马王子，无数个夜里，他都华丽丽地出现在我的梦里。但是，我从来没有向他表明心意，直到高三那年，他悄无声息地离开，我写了一句话：有一种遗憾，叫做不够勇敢！

那时候，我搜集有关他一切的消息，经常站在他常出没的地方只为偷偷瞄他一眼。得知他喜欢喝薄荷奶茶后，明明对薄荷味厌恶至极，却天天点这个口味的奶茶。

每当我喝得要吐时，好友苏宛劝慰："何苦为难自己呢？"

我会装作非常凶狠的模样回："信不信我用一块钱硬币崩死你！"为什么要崩死她？因为爱慕男神的世界，她不懂。

"哎，赵翼似乎喜欢喝薄荷奶茶。"

"难道你也喜欢他？"说这句话的时候，我意识到自己说漏嘴了，于是赶紧补救，"难道你跟学校里的花痴一样，喜欢他？"

苏宛冷哼一声："我又不是花痴。"苏宛在班上属于那种不爱说话的类型，也经常鄙视一下花痴女，或者异性朋友比较多的女生。每次见到这些女生和男生嬉戏打闹的时候，她总是用大人的口吻来批评"一点都不自爱"。

对于反对早恋的苏宛来说，我们这些追逐赵翼的花蝴蝶们，都是不好好学习的"劣等生"。

不过那时候一心一意爱慕着赵翼的我，并不在意别人怎么看，而是做自己认为是正确的事情：暗恋，暗恋，暗恋，还是暗恋，作死的暗恋！

事实上，我如此崇拜和爱慕男神是有用的。

有次我在晚自习放学的路上被一群混混调戏，那天夜深，路上零星有几个学生但谁也不敢帮忙，这时候赵翼恰巧路过，他立刻冲了上来要拉我走，但是小混混们揪着赵翼就要打，双方立刻陷入了混战。

事后，赵翼擦着被刮伤的脸，我站在一边不知道说什么好。

他说："被吓到了？"

我摇头后又点头。

"带你去个地方。"

"哪里。"

"去了就知道。"

我跟着赵翼穿过小镇的桥，走到了凹凸不平的田野上，那时正是春天，晚上蛙声一片，他找了一个空地坐下，然后把自己的书包放在地上让我坐。

就这样，我跟着他傻傻地坐在那里发呆。

高二文理分科，我去了文科班，收拾课本的时候，他看着我，想说什么又拿起书去看。

有一次学校组织春游，恰逢他也在，后来我因为走得慢掉队，最后爬不动的时候，他不知道从哪冒了出来背我上山。

我一边欣喜地享受着和男神的近距离接触，另一方面也伺机找合适的时机来表白。

只是，令我难过的是，赵翼在高三还没毕业的时候，突然缀学，谁也不知道什么原因。后来学生间有一些流言，说他自己在家复习，具体是因为什么，谁也不清楚。

2

高中毕业后，我上了大学。

时常联系我的是我的男闺蜜，而有关赵翼的记忆，渐渐被尘封，很多时候，我都在想，我真正喜欢的人不是他，他只是我虚构出来的完美形象，而朝夕相处的男闺蜜才是我心底最喜欢的人。

　　大三暑假，我窝在家里吹空调，这一待就是两个星期足不出户。

　　有次，我在大中午的时候心血来潮想出去走走，可刚踏出空调房一步，一股热浪升腾而来，我强忍着强大热流，走出门外。

　　阳光很刺眼，火辣辣地太阳毫不留情地炙烤着柏油路，路旁的行人或打着太阳伞，或低着头快速赶路，或躲在阴凉处吃冰激凌。我眯着眼望着对面正在施工的工人，只见他们全身汗湿脸颊通红，干裂的双手拎着泥浆疾步匆匆地赶路。

　　"是小语吗？"蓦然间，身后传来陌生地声音。

　　我愣愣转身，看到身后站着的是一个农民工打扮的男子。

　　男子约莫三十岁左右，他剃着平头，脸色黝黑，脏兮兮地宽松衣服湿成一片，黏糊糊地贴在皮肤上，印出他单薄的身子。

　　我垂眸瞥了一眼男子的手，他的十指全部皲裂，手心里的茧又粗又厚，一副沧桑的模样。

　　"……你是？"想了很久，我的脑海里没有关于这个男子的一点印象。

　　男子憨憨地笑，随后说："我是你高中同桌赵翼啊！"

　　只是，几年不见，赵翼怎么发生了翻天覆地的变化？

　　"你……"我瞪大眼睛看着这个自称是赵翼的男人，一时间难以置信。

"是不是没认出来？"赵翼苦笑。

我讪讪道："是啊，几年没见，变化好大啊！"

赵翼微微叹息，他拉着我的衣袖往路边阴凉处走，走了几步，他顿住，拉着我的手指触电般地松开，脸上露出不自然地神色。

我低着头，心里像是被打翻的五味瓶，难受极了。

"……差点忘了，你是大学生，我们不是同一个层次上的人了，不该这般随意！"赵翼索性坐在地上，大大的眼睛迷茫地盯着对面的新楼。

我哑然。

赵翼点上一根烟，眉头深锁地抽了起来。

"……你现在当瓦工？"我俯首问道。

"嗯。"

"那个时候，你成绩很好，学校准备给你保送清华，怎么……"

"高三那年，我没上学，你不知道？"赵翼狠狠地吸了一口烟。

我说："听同学说，你成绩优秀，在家自学，高三本来就没什么课，主要还是复习高一和高二的内容。"

赵翼掐住烟头的手僵住，烟头处，浓烟弥漫缭绕，围在他的鼻前，眼前。

有那么一刻,我似乎看到了赵翼眼底地泪光,待我仔细去看时,赵翼漆黑地瞳仁里有我的影子,还有深深的悲凉。

赵翼掐灭烟蒂,扔在地上还不忘补上一脚。

赵翼不动声色地问:"还记得苏宛吗?"

我点点头,苏宛我怎么会不记得,我们曾经是最好的朋友,只不过高三那年,她也离奇的消失了,任我怎么找也找不到,上大学期间,我们再也没联系过。

记得有一天苏宛离校的前一个月,我和她一起上学,其中一个女生拿着一封信让我送给赵翼,女生走的时候,苏宛夺过我手里的信,直接扔了,然后鄙夷地说:主动送上门的女人,最不值钱!

"她现在是我的妻子!"赵翼平静地陈述事实。

我有点没反应过来,半晌才讷讷问道:"你……你……你结婚了?和苏宛?"

"是啊,儿子都三岁了!"

我的心猛地一颤。

几年而已,他居然都结婚了!我难以想象曾经和我坐在一起的英俊男孩,现在已身为人父,承担起伟大的责任,因为我的记忆还停留在最初的地方。

看着为生活所劳累不成模样的赵翼,我有种想哭的冲动!

"你……。"我嗫嚅着开口,还没等我说下去,就听有人在叫:"赵翼,开工了!"

赵翼急急忙忙地站了起来，报了一串手机号码后，说：“三天后会有同学聚会，如果你愿意的话，可以去！”

说完，他小跑回到工地。

我含着泪，看着他渐行渐远地萧索背影，再也没有当初的挺拔和优雅，再也没有当初的气质与内涵，他单薄的身子，在阳光下，被时间诠释为永恒的寂寥。

这，就是我曾迷恋过的男孩？真的是他么？

尘嚣模糊了年岁，在他身上所发生的那些细细碎碎，点点滴滴，我已无法追究。只是，短短五年，居然可以让众星捧月的赵翼，沦为挣扎在贫困线上的农民工！这期间，他到底发生了什么？他和苏宛怎么走到了一起？

带着无数的疑问，我在三天后，如时赴约。

到达指定的酒店时，已经是晚上六点。

再次看到赵翼时，他已经换上了干净的休闲服，虽然看上去有些沧桑，但眉宇间仍旧英气勃发。如果不是因为过重地家庭负担，赵翼不会憔悴成这个样子吧！

我朝着赵翼挥挥手，赵翼轻轻地回以淡淡地浅笑。

就在我准备走上前时，双腿被一个小孩子抱住，我惊愕地低下头，看见一个约莫两三岁的小男孩抱着我，冲着我傻笑。

就在我处于一头雾水时，一个脚登红色高跟鞋，身着露肩装，超短裙，顶着一头卷发，画着淡妆的美丽女子咯噔咯噔地跑过来抱起小男孩。

我惊讶地盯着眼前有点熟悉的女子,感觉似乎在哪里见过,但是绞尽脑汁也想不起来,我们曾几何时是认识的。

女子也端详了我几秒钟,她笑道:"你是小语吧?"

"嗯,嗯……"我点头如蒜捣。

既然知道我的名字,应该是认识的人。

"你还是和以前一样,没什么变化!"女子笑得异常灿烂,而我还处于半迷糊状态,搞不清眼前和我说话的是何许人也!

"看到我你是不是很激动啊?"女子放下孩子,激动地捉住我的手,眼里折射出异样的华彩。

我:"……"

女子一把搂住我,兴奋地说道:"看你激动到发傻的样子,看来我们高中时期的前后同桌没白当!"

我幡然醒悟,这个抱着我激动难耐的女子,是我高中时的后桌同学,李倩!

我对她的记忆还停留在红色棉袄和黑色布鞋,以及后面又长又黑的麻花辫子中,若是现在将我送到当年,我想就算是活活打死我,我也不敢想象,李倩会在三年后的今天有着这番洋气地打扮!

"李倩,你变化很大啊!"我愣声道。

李倩没有听到我说话,她弯下身子,抱起小男孩凑到我跟前,说:"叫小语阿姨!"

小男孩傻嘟嘟地看着我,可爱地一笑,然后奶声奶气地唤道:"小语阿姨!"

我浑身打了个寒颤,身体的反应证明我还是不怎么喜欢这个称呼。

我还是学生,可是我的同学居然当了母亲,现在她的儿子在叫我阿姨,按照我市的规矩,我似乎要给这个小男孩红包!

为了表明一下我的小小心意以及鼓励小男孩地热情,于是我从口袋里掏出仅有的200块钱,递给他。

李倩一见,立马将钱还给我,说:"你给他钱做什么?"

"我第一次见他,而且……"

"你还是学生,没有步入工作岗位,等你能自力更生时,再给也不迟!现在花的都是父母的钱,我们不能拿着他们的血汗钱给自己充面子!"李倩竭力地要求我收回钱。

看她真诚的模样,我只好将钱装回口袋。

过了一会,酒店里的人愈来愈多,有些同学没有多大变化,我一眼就认出来了,有些人我已经忘得一干二净。

待所有同学到齐时,我数了数,有49个人,那时候我们班有82个人,能联系上的也只有这么多,不管怎样,能聚在一起,就是一种缘分。

我坐在酒席间,看着抱孩子的抱孩子,带家属的带家属,突然有种时过境迁的感伤和惆怅。

喝酒的时候,有个男同学站起来,高声说:"明明说好的,参加聚会不准带孩子,一声叔叔叫下来,红包一泻千里,那可都是血汗啊!这不行啊,下次聚会我就算没老婆也要租个孩子来!那可是财神爷,招财进宝啊!哈哈……"

酒席上的同学全部笑开了花。

笑着笑着,大家盯着酒杯全部禁言。

整个大厅倏然安静下来。

啤酒还在酒杯里滋滋作响,桌子上的菜未动分毫,我们就这样地沉默着、无语着。

不知何时,我似乎听到了抽泣的声音,循声而望,只见李倩伏在桌子上轻声哭泣。

几乎同一时间,酒席上的人不论男女,皆泪流满面。

几年的时间,几年的生活,我们徘徊在不同的地方,锁定着不同地目标,为着美好的明天而奋斗。只是四年而已,为什么会有一个世纪的感觉?这种错觉,让我们无限感慨,无限悲伤。

又过了一会,我们集体哼唱了《后来》《同桌的你》,以及《心愿》。

但是最触及我们心灵深处的,还是《心愿》:

湖水是你的眼神

梦想满天星辰

心情是一个传说

亘古不变地等候

成长是一扇树叶的门

童年有一群亲爱的人

春天是一段路程

沧海桑田的拥有

那些我爱的人

那些离逝的风

那些永远的誓言一遍一遍

那些爱我的人

那些沉淀的泪

那些永远的誓言一遍一遍

我们都曾有过一张天真而忧伤的脸

手握阳光我们望着遥远

轻轻的一天天一年又一年

长大间我们是否还会再唱起心愿

唱着唱着,大家再次抹泪。

为了我们曾有过的欢声笑语,为我们这次相聚后又别离地不舍,为了我们不断前进又不断感怀的时光!

3

散会后,我和赵翼并肩走在街头,仰头看着满天星辰,却再也找不回五年前的感觉。

"小语,你还记得这个天桥吗?"赵翼慢步走到天桥上,然后坐在栏杆上,眸子里透出几分伤感。

我点点头。

这个天桥,是我上学时的必经之路,也是我无数次幻想过王子与公主相遇并相爱的地点。

更重要的是,我和赵翼在高一的那年春天,坐在这里听着蛙声,看着钻石般的星星,展望美好的未来!

赵翼从怀里掏出一包烟,拔出一根点上。

"我不记得你有抽烟的习惯!"我低声道。

赵翼苦涩地一笑,说:"习惯不是天生的,而是后天养成的!"

随后他一边抽烟,一边说:"我曾看过一段话,大体意思是,生活如同抽烟,你看见烟雾缭绕的时候,也看见了烟叶在火花中颤动,在你感到快乐的同时,烦躁依旧会随着烟叶尾随而至。时间在一点一点地流逝,你偶尔会被呛到一口,但还是不想丢弃这根没吸完的烟。因为,生活还要继续!"

我缓缓说道:"既然生活还要继续,那么请爱惜你的身体!"

第二章
最美好的爱恋就是你也恰巧爱着我

赵翼掐灭烟蒂,随手将它扔到天桥下,涩然道:"人生不如意的时候,我还是习惯性地用尼古丁和酒精来麻醉自己,虽然我知道我需要为这短暂地快乐而付出惨重的代价!"

我彻底讷言。

曾经还是同桌,曾经他还是迷倒众生的翩翩美少年,转瞬间站在我面前的,是一个与他年龄不相符的面孔,以及饱经沧桑的眼神和一双为了撑起家庭而布满厚茧的双手。

而我,还是一个不经人事的学生,在父母的庇护下,逍遥自在地生活着,可以拿着他们的血汗钱大把大把地挥霍,然后再恬不知耻地抱怨玩得不够尽兴。

"……苏宛,还好吧?"半天,我才问了一句。

赵翼又抽出一根烟,随后点点头。

就这样,他坐在地上抽烟,我站在他身边,百无聊赖地看着路上的行人。

夜晚的霓虹灯光芒耀眼,汽车穿梭不止。

两个人相对无语,一时间尴尬得无以复加。

以前我们坐在一起总是有说不完的话,上至天文地理,下至网络游戏,中至明星八卦,无所不谈,如今相遇居然说不了几句话,时间真是一个微妙的东西,它可以留住一些东西,更可以将你保存完好的记忆冲击地面目全非,让你措手不及。

原来,我们都是时间卑微的奴仆。

"……小语。"赵翼略略抬头,迷茫地眸子里凝聚了些许

99

华彩,我似乎看到了学生时代的他,也是这样的眼神,只不过那时他的脸上挂着少许青涩,说起话来偶尔腼腆。

只是,那时的他再也不会回来了,因为时间不会倒流。

"……你知道么……"赵翼哑声道,"我曾喜欢过你!"

我怔在原地!

脑海里反复播放着有关我们的记忆。

高一那年,赵翼成为我的同桌,第一次看见他,我把他称为天人,明星一样的脸,优雅迷人的气质,而且他的学业也是数一数二,这样的优秀男孩无疑就是女生追捧的焦点。

依然记得晚自习放学回家,我被几个痞气的男生围住时,赵翼奋不顾身地冲上来,和他们打斗的场景。依然记得,我们逃课坐在田野上仰望蓝天的样子。依然记得,班级组织春游,在我爬得全身无力时,他蹲下身子,将我背上山……

不知不觉,我的鼻子有点酸涩,眼前一片模糊。

为了不露怯,我轻描淡写地说:"……哦,是吗?"随后我又问:"你和苏宛,是怎么一回事?"

"高二下学期末尾的时候,我兄弟生日,我就去参加了!当时苏宛也在,我酒喝多了,她扶我回宿舍,那天我的室友全部回家了……"赵翼后悔万分地说,"你知道,酒喝多的人容易乱性,事情就发生了。"

赵翼继续说着那段不为人知的事情:"后来苏宛怀孕了!她执意要将孩子生下来,我不同意,因为我们都是学生。可是,她坚决要我负责,并将此事告诉了校方和我们的父母,学校得知后,让我们自动退学……由于关系到校风,学校没有大肆宣扬……"

我讷言。

赵翼缓缓地逼近,还没等我反应过来,他便轻轻地吻了我一下,然后垂头丧气地叹息。

我惊愕地盯着赵翼,大气都不敢出。

他在做什么? 他怎么可以……

"我以为我们会在一起,可是……"赵翼自嘲地说,"你似乎看不出来我对你的真心,你似乎对我的存在可有可无!"

那一瞬间,我体会到了窒息的感觉。

在那懵懂的年纪,我隐约能觉察到我们之间朦胧模糊的感情,只是装作浑然不知而已!

那时候,我暗恋着他,只是我不敢相信。他太优秀,围绕在他身边的女生数不胜数,而我如此的渺小,渺小到一如粒沙尘,毫不打眼! 我是一个自尊心极强的女生,我怕被人拒绝! 所以,我宁愿将这份爱恋埋葬在心里,烂成一堆泥,也不肯公诸于众!

赵翼凑上脸,双手搭在我的肩上,他微红的眸子凝视着我的脸,嘴角溢出无限悲伤。

"我曾经如此地想接近你,就这样的距离,在这样的夜晚,然后亲吻你。"赵翼每说一个字,浓郁的酒气呛得我想逃离。

101

"可是……"赵翼受伤地说,"一切都无法挽回了,我们是不同阶层的人!你是大学生,我是农民工!"

那一刻,我止不住地泪流满面。

赵翼,时间真的有这么大的魔力吗?

曾经你说过,你不要家人的安排,不要被规划好的人生,你要靠自己的能力博得未来,等级在你眼里,不过是迂腐的思想。而如今,你怎么把这种迂腐当作口头禅?是不是以后,它还会成为你的座右铭,禁锢着你和朋友之间的关系?

我曾喜欢过的赵翼,是优雅的王子,是一个敢于对世俗大声说"不"的男孩,而不是现在的你!

我的心郁结地难以自抑,胸口传来的阵阵钝痛提醒我:此刻的我无法接受这样的赵翼!

就在我失神感伤时,一声尖锐地声音将我打回现实:"你们在干什么?"

我和赵翼不约而同地扭头去看,一个身穿过气衣服的少妇右手牵着一个三四岁的小男孩,笔直地站在耀眼炫目地霓虹灯下。

她的脸有些苍白,两眼无神,整个身子瘦弱得如同春天里的杨柳。

赵翼怔愣地启唇,愕然道:"苏宛?你怎么来了?"

我也愣住了!

眼前的少妇,就是我高中时最好的美女同学,苏宛?

苏宛咬着唇,泪水夺眶而出,她哑声斥责:"我是担心你,所以带着孩子来找你!可是,可是……担心跑出来看到的竟是这样的场景……你们究竟在干什么?追叙不了的情缘么?"

我和赵翼哑口无言。

苏宛抬手抹了一把眼泪,然后失望地看着我,说:"小语,我们是最好的朋友,可是你现在在做什么? 我们这朋友是没法当了!"

语毕,她俯身抱起小男孩,快速奔跑在天桥上,淡出我的视野。

"我们,在做什么?"我咽下苦涩,回看赵翼。

赵翼拉着我的手,低缓沉痛道:"对不起,我控制不了我自己!"

有的时候,感情不是任由我们自由控制的,但是人活在世上要有清醒的大脑,才不至于走太多的错路。

我喜欢赵翼,不代表我不介意他有孩子和老婆!做第三者去破坏别人的婚姻,一向被我所耻!

我一点一点地推开赵翼的手,任由泪水轰然而下。

赵翼失神地望着我,嘴角扯出丝丝苦意,他狼狈地瘫倒在地,然后把头埋进双臂间,将表情藏得一丝不剩。

我踉跄着向前走,泪水不管不顾地流淌,满天的星光在我的眼里恍恍惚惚,我曾幻想过无数次的唯美表白镜头,都在脑海中撕裂成片。

现在的赵翼身边有苏宛，而我和赵翼注定是平行线，永
无交集！

4

学生时代的你，暗恋过一个人吗？

在暗恋初期，曾经你是一个自信又骄傲的少年，张扬又
肆意。

你可能暗恋过惊鸿一瞥的少年，暗恋过互相斗气的同
桌，暗恋过优雅从容的学长，暗恋过阳光帅气的邻家哥哥，甚
至发狂地喜欢着影视剧里面的帅哥美女，一段时间换一个对
象，每天回去守候电视看着他们的俊颜美色，然后在睡觉的
时候幻想着自己就是男女主角，和剧中的人物来一段浪漫的
邂逅。当然这些场景未必就是电影里的桥段，大多数是你自
我幻想出来的乌龙事件。

可当你真正喜欢一个人，并趋于安定且长情时，是不是
变得自卑又胆怯？会不会喜欢一个人到自言自语的地步还死
绷着不说，做出些稀奇古怪的事情让他人，甚至连自己都觉
得莫名其妙？

暗恋总是有种莫名的兴奋，不表露，只神经，像个旁观
者一样远远欣赏。

第二章
最美好的爱恋就是你也恰巧爱着我

暗恋的时候有很多秘密,你也像所有的的精神病患者一样对墙说话对书说话对镜子说话……但你却不敢主动和他(她)说话。

而到了暗恋中期的时候,不喜欢写东西的你,有了写日记的习惯。

让朋友和他说话,问他的一些情况,就是不敢主动出击。

走到他的班级偷偷地看他,可真要正面对视时,又低着头匆匆离开。

明明想见他想得发疯,可是每次都算准了等邻班的他走后才敢动身。

开始注意形象乐于打扮,时刻保持个人形象,生怕在他面前有蓬头垢面的尴尬。

当有机会和他单独待在教室的时候,火速抄完了黑板然后招呼也不打就拉开门逃跑。也会在关上门后遗憾万分倒数一百才舍得下楼,走得够远后回头看灯火通明的教室,默念一句:某某,我喜欢你,我们交往吧!

虽然被你暗恋的家伙不见得有什么好,但你就是喜欢他。对于这个时期的你来说,不需要恋人的称号,也不需要时刻在他身边,他像一道绝美的风景映在你心里,可以欣赏就已经足够美好。

最后,就是暗恋晚期。

你在BBS上搜出所有他的足迹然后跟帖。

假扮陌生人在网上和他聊天。

制造偶然和他相遇或者故意让他觉得你们很有缘分,或者心有灵犀。

小心翼翼跟踪放学的他只为知道他的详细住址,开始筹划着表白,虽然怕看见他怕他知道你的心思,但还是忍不住去他的班级,和他身边的朋友交友。

这个时候的你,纠结又矛盾,一方面想拥有他,因为一个人的电影婉转但太无趣。可另一方面,神经质的爱让你害怕他像一道光在你的生活里只能转瞬即逝,怕他花心怕他像电视和小说里的负心汉一样始乱终弃,又怕交往后因为各种原因的悲欢别离。

5

暗恋从来都是一个人的独角戏,戏里戏外只有你一个人罢了,那个人跟你的交集不多,可你却莫名地喜欢着。

多年后,你们再见面,就算你还有感觉,但一切早已是物是人非。

暗恋是件孤单的心事,在这一场纯真的闷骚里,所有的爱恋不表露不作为。

就算多年后揭开这层纸,那都已经成为过往。

相遇是一场华丽的别离

星辰在出租房看电影的时候,大东的电话催命般地响了起来。

"在干吗?"

"看电视。"

"出来。"

"……"星辰顿了顿,他撇嘴,"这种天就适合窝在床上看电视,出去干什么呀?"

"陪我赏月。"

星辰看向窗外,此时的月色有点儿明亮皎洁,不过更多的是阴冷,大冬天的换谁也没心思大半夜的出来赏月。不过当这种不可能遇上奇葩也许就会变成可能,说起这个奇葩大东星辰也不得不用一个字来概括一下那就是"醉"。也许就是因为醉了所以他才会干出这种奇葩得令人瞠目结舌的事来。

"两个大男人赏什么月!"星辰原本要拒绝,大东丢出一句:"你不出来,咱们就做不成朋友。"

男人之间,能把话说到这个程度,不出去也得出去,星辰只能应约。

两人走在静得有些阴冷的街上,偶尔穿流而过的车辆带着一阵凛冽如刀的寒风从脸上划过,虽然没有留下划痕却总会有一阵阵刺骨的疼。可是大东这个奇葩却是不以为意,硬生生地拉着星辰的手要他陪着一起赏月,面对他这莫名其妙的举动,星辰表现出一头雾水但更多的是哭笑不得。

这个奇葩是星辰的同窗舍友,大学四年一直关系都很好以至于大学毕业后都难分难舍。大学毕业后他们就一直留在合肥实习,大东一直在一家房产公司做房产销售,为了节省点儿住宿费他们一起租在一间小隔间里。

晚上之所以会出现赏月这种闹剧,其实也是有原因的,至于什么原因,星辰猜测是跟感情有关。大学时,大东一直暗恋班上男生公认的女神,或许是迫于其他男生的压力又或者因为不够帅等诸多原因没敢向女神表白。

在旁观者眼里,他在班上已是帅哥级了,只不过他是一个不喜欢表现自己的人,自然就显得默默无闻。而长久堆积起来的思念加上荷尔蒙的激增,使他终于冲破了自己心底的最后防线——他决定出任CEO,迎娶白富美,走上人生巅峰!

虽然过程会艰难,可大东想从起跑线开始:先追女神。

那时候正是五一,他跟星辰定了去南京的票,两人准备体验一下古老城市的人文和历史魅力。可就在这时,大东突然跟星辰说他把去南京的火车票改为了去淮南的。

第二章
最美好的爱恋就是你也恰巧爱着我

大东临时的变卦毫无征兆,他还没开口对大东进行一系列的攻击,大东就幸福满满地沉浸在了追女神的幻想之中了,他说:"据可靠情报,我的女神五一前一天坐去淮南12点的车。"

星辰知道以他的性格下这个决定应该也是做了一番强烈的心理斗争,而且决定做好很难更改,无奈之下他也只能在心里"诅咒"大东了。

五一那天,两个大男人早早地起来把所有的吃的、喝的都准备了个遍,哪怕是家常装备他们也带上了,期待着能在火车上派上用场。可是事与愿违,美好的愿景总是与人背道而驰,现实总是那么的残忍。

因为他们是临时改的票,在五一这种高密度、高人流的时期自然拿到的是站票了。上车后,两人从13号车厢一直穿越拥挤的人墙来到女神所在的5号车厢。他们到了5号车厢的时候全身已经湿透了,脸上的汗不停地顺着鬓发一直往下流,直到渗进衣衫变为一滩滩的汗渍。

接下来,两人跟傻瓜一样找了好半天才看到女神的座位,星辰拉了拉大东的衣袖示意他快点儿说话,大东见到女神立刻变成了怂货,他愣了半天硬是说不出一个字来,直到星辰掐得他要变成残疾人时,才冒了句:"好巧哇。"

这句"好巧哇"以星辰的说法就是:现在想起来心脏都还有些被震得隐隐地疼,因为是个明眼人都能看出些端倪

来，他还来句这么没营养的话，我可是舍命陪君子地陪他
追女神呀。

女神淡淡地看着大东只是客气地回了句"巧"，接下来两
个人似乎都没话了，就这样星辰陪着大东，两人尴尬地站了
一路的火车。

下车时，女神终于开了金口主动问："你们来淮南干吗？"

"找……"星辰话犹未了，大东结结巴巴地打断："我们，我
们……找……找，找同学，玩，玩儿呢！"

女神没说话，拖着行李就走，大东殷勤地上前表示要送
女神去住的地方，可他被高冷的女神狠狠地拒绝了。

不过这些都没有打击到大东的信心，虽然他们之间只
有寥寥的几句不着边际的对话，可这些却能使他开心到忘
乎所以。

最惨的莫过于星辰了，大东至少见到了朝思暮想的女
神，而他只能眼睁睁地看着天越来越黑两个人还找不到住
处。一路上，大东脸上的笑容就没有冷过，就连吃个牛肉汤也
都不知收敛一下，看得星辰都想上前抽他几巴掌。

如今，距离那次冲动的五一之行已经三年多。

"星辰，她结婚了。"

星辰不用问也知道他口中的"她"是谁。

"她怎么就结婚了呢？我们都刚毕业呀！"大东的声音在颤
抖，"我还在想着，我现在什么都没有，但可以再努力两年，存

点儿小钱然后去找她,不说送什么贵重的礼物,起码告白的时候,买得起像样的玫瑰花……"

说着说着,他就不受控制地哭了起来。

看着他有些激动的样子,星辰沉默了。因为他也不知道用什么样的方式来安慰他,或许让他哭出来比安慰来得更直接。

此时的大东完全忘记了自己的身份,他把头埋在星辰的身上不管不顾地哭了起来,似乎要把这些年对她的记忆一遍又一遍地冲淡。

冷冷的明月铺下一层冰冷的寒霜,平时喧闹的广场也在此时变得分外地幽静,偶尔吹来的寒风将背后的羽绒服帽套吹得沙沙作响。

许久,星辰问:"你怎么知道她要结婚了?"

大东回答:"我今天在售楼部看到了她和她的男朋友,他们来我们售楼部看房子,接待他们的人是我。"

对于一个暗恋了四年的对象却始终没有过一次表白,就算有也只是平时见面的简单寒暄。爱得那么简单,喜欢得那么单纯,有的时候就是对方的一个浅浅的微笑就能让他开心得几天不能寐。

自那以后大东一直消沉,工作也常常出错。

星辰把大东的事情告诉我,并问:"我该怎么安慰自己的哥们?"

我说："这种青涩的爱情还没开始就已经结束了的例子多了去了，很多人都在经历或者已经经历过，能不能放下就看当事人内心够不够强大。"

我们都曾喜欢过一个人，不论他抑或是她是不是完美无缺，在你的心里，他们就是神一般的存在，只可远观不敢近视。

你只能远远地站着，巴巴地望着，她的一颦一笑总能占据你的脑海，让你在每一个午夜梦回时分想起她。

思念是一种病，唯有见到对方才能获救，但也只是暂时。

你可能奋不顾身过，但那不过是一个人的独角戏，你以为能抓住全世界，最终连表白的那些话都没敢说出口。

不是每一次爱恋都会有结果，不是每一份欢喜都能持续长久。

所有的相遇终将别离，一腔孤勇的努力，不过是把这次相遇变成了华丽的别离盛会。

第三章

食得人间烟火

我说:"姐弟恋没什么不好,这俗话不是说'女大三,抱金砖'吗?"

她问我:"女大五呢?"

我挑眉:"赛老母。"

她不解:"赛老母?"

我嘿嘿地笑着:"女大五,赛老母。"

她一听跟着我一起笑,笑着笑着,就那么猝不及防地哭了。

1

那一年，她26岁，选择跟一个21岁的穷小子私奔。

那时候，她名牌大学毕业，在一家不错的事业单位上班。而他呢？不过是高中就辍学的穷小子，身无分文也就算了，家住农村也就罢了，还父母双亡。

她心疼他、爱护他，像个圣母一样包容他一切的缺点。

两个人拖着包坐上了绿皮火车，踏入了灯火阑珊的大都市。他从小在农村长大，后来也闯过一些三线城市，可这样生活节奏快的都市他却是第一次来。

两个人走在大街上找旅馆，她拉着包在人群中穿梭，他却走得缓慢。当她找到一家不错的旅馆时，他局促地站在一边，粗糙的手指摸着干瘪的钱包，这一切都被她看在眼里。她从容地从钱包里掏出钱，付了款。

那晚，他躺在她身边久久不能入眠。

她觉察到了他的异样，随即翻身抱住他的腰问："怎么啦？"

他说："姐姐，我是不是很没用？"

"哪有，你很厉害。"

"我什么都没有，而你什么都比我好。"他的身体瑟瑟发抖，不知道是因为难过还是因为其他的原因，"我甚至连住宿的钱都没有。"

"不,你还小,没长大。"她紧紧地抱着他,"我相信,未来的你一定会比我好。"

"就怕三五年后,我还是现在这个样子。"

"不会,有我呢。"她说,"有我在,你一定会变得无比优秀。"

他翻过身,猛地抱住她说:"姐姐,我会努力,给你美好的未来。"

听着他真诚的话,她感到无比地幸福,也憧憬着美好的未来。她就像是紫霞仙子相信至尊宝会在某一天踏着七彩祥云来娶她一样,做着每一个灰姑娘都会遇到王子的美梦。

那一刻,她无比坚信,虽然此刻道路曲折,但未来是美好的。

因为无私的付出,总会得到回报。

2

她原本是家里的大小姐,同学眼中的白富美。她长得特别好看,很朴素的衣服穿在她身上却有一股难以言喻的仙气,我们私下都喜欢叫她"小仙女"。

只不过,同学眼中的小仙女很喜欢哭穷,总是一副有上顿没下顿的样子,似乎马上就要去救济站。

谁都以为,陪伴在她身边的会是一个高富帅,可谁也没料到最终她选择的是一个穷人,而且还是一个比她小五岁的穷弟弟!

有时候,理想和现实总会有各种意外,他们的配对也是一种意外。

在繁华城市的那段时间,他们租了一个很便宜的房子,她在外面工作,一个月4000元,而他呢?他一直游荡在这个令他胆战心惊的城市找不到方向。

她的存在对他来说是一个巨大的压力,她那么优秀,让他显得猥琐又卑微。那时4000元的工资对一个贫困家庭来说就是一笔天文数字,在他所在的农村,它是小康家庭一年的收入。可在这样的城市,它只能勉强保证两个人的温饱。

走出小地方,来到这个不夜的陌生城市,他的心底泛起了浓浓的哀伤。为什么他哀伤呢?他对她这么说:"姐姐,我真的很害怕,害怕自己不能给你想要的生活,跟你比,我觉得自己太渺小了。"

她安慰:"你一定会变得无比优秀,我相信你。"

"那万一我一无所有呢?"

"不会的,我会帮你。"

"你有学历,我什么都没有。"

"你还有我。"

那一瞬间，"你还有我"就像是磅礴大雨里的一把伞，让他得到了庇护，他像是被救赎的犯人，就在她面前哭得像个泪人。

他开始不断地找工作，可因为学历的缘故总是碰壁。好几个月里，他骑着破旧的自行车，穿梭在这个城市的每一个角落，为的就是找一份像样的工作。有一次他被几家公司拒绝，他把车子停在桥上，然后趴在栏杆上坐着，风迎面吹在他脸上，凉凉的。可是心底那股焦躁的火，怎么也吹不散。

有那么一刻，他甚至想就这么跳下去，让自己的人生一了百了，他想如果他死了，她就会找一个配得上她的男人，过着幸福而快乐的生活。他什么都没有，带给她的只有看不到未来的忐忑，让她在漆黑的人生道路上艰难地行走。

他不想成为她的累赘。

见他坐在桥上，路人纷纷围观，有好心的老奶奶劝他："小伙子，年纪轻轻的怎么就想不开呢？想想你爸妈，他们生你养你也不容易，人不能只为自己活，也要想想身边人的感受。"

他想到她，想到她为他所做的一切，最终还是鼓起了面对未来的勇气，他从桥上爬了下来，对围观的人笑着说："我只是想吹吹风。"

然后他扶起自行车，"呼啦"地踩着，瘦弱的背影再一次混进这纷杂的大都市。

后来他进了一家餐厅,给厨师打杂,但是没有工资,只是包吃住,他说我有住的地方,你们能不能把住宿的费用折合成人民币给我呢?老板看他小又可怜的样子,也就答应了他的要求,把每个月的房租折合成260块。

只是一份小伙计的工作,他却做得格外用心。那些厨师在忙的时候,他尽心尽力地帮忙,而那些厨师不忙的时候,他一个人在厨房里研究菜谱,没想到后来还捣鼓出了不错的新菜品。不过他将这些菜给关系要好的厨师看时,他们要么随便看看,要么应付他几声也就没有后续。

回家的时候,她在做饭,他很沮丧地坐在一边不说话。她立刻放下手里的活儿,问他怎么了。

他摸着她的手,发现她的手心慢慢变得粗糙,还记得第一次牵她手的时候,那软柔的触觉,是他这辈子都不曾接触过的,那时候他在想,原来女人真的是水做的。

这一次,他抱着她放声痛哭。

"姐姐,我是不是很没用?"

她拍着他的后背,焦急地问:"你怎么了?"

"姐姐,你骂我吧,你打我吧!"他伸手环住她的腰,"让我更清醒点儿,让我更加努力一点儿。"

"好端端的,我为什么打你骂你?"

"我觉得我很没用。"

他哭得很伤心,她又不知道是什么原因,在无计可施的情况下,她几乎是本能地脱口而出:"你还小,你是个孩子,如果是工作上的原因,你有的是时间。而且经验是积累出来的,你也不用太着急。"

"可是姐姐,我能等,我有时间,你有吗,你能等吗?"他推开她,"如果再过几年,我依旧是一无所有,你再想找个好男人,也许……"

听到这番话,她抬手就给他一巴掌,清脆的声音在两人的耳边回荡。

打在他脸上,痛在她心里。

她一字一顿地说:"一个老是说自己没出息、以后没未来的男人,永远不会有出息! 我做过的选择,我不会后悔,你要做的,就是付出你的努力。我的事情、我的人生我能为自己负责!"

他低着头,双手捂着脸,孩子气地哭着。

一年后,他也成为一个小厨师,老板将一年的房租折算成现金给他,他拿着这些钱喜不自禁。这是他人生中第一次拿这么多钱。

揣着钱,他兴高采烈地去了一家老牌贵金属店买项链,营业员推荐他买黄金,可是他看黄金怎么看都觉得太土豪,像是没文化的暴发户用来显摆的,不符合他心中女神的档次。选来选去,他还是觉得白金更能配得上她的气质。

当他把项链送到她手里,她又惊又喜,喜悦之后,她说:

119

"以后你挣到钱了,自己存着吧,不用在我身上花钱,等你以后工作稳定下来再说。"

他自信满满地说:"虽然我目前挣得不多,可还是希望能给你买一些东西。钱是挣不完的,以后有的是时间。"

他把项链戴在她的脖子上,然后抱着她。

"谢谢。"

"跟我客气什么呢!"他承诺,"我会好好努力,给你一个安稳的家。"

她幸福地哭了,虽然他现在一无所有,有的只有爱她的心,还有嘴上说出来的承诺,都是飘着的,可她却觉得实在,胜过这世界一切的物质给予。

3

五年后,他们开了第一家餐馆,两人多年的积蓄都压在了这里。原本他在独立开店和办婚礼上犹豫不决,可是她说:"男儿志在四方,你应该更专注于事业,等我们以后经济好了,再补办。"

他感动得无以复加:"我上辈子到底积了什么福,这一世娶了你这样的老婆。"

她说:"你好,我才能跟着好。"

就这样，他们合资开了餐馆，至于他们的婚礼一切从简，简单到什么程度呢？他们领了个结婚证，邀请了要好的朋友凑了一桌饭，至于婚纱照、婚礼现场之类的形式主义全部剔除。

每次晚上睡觉的时候，他从后面环住她的腰，"我会对你好的，等我们有钱了，一定要办一场超级大的婚礼。"

她善解人意地说："这都是小事，慢慢来。"

那时候，他和她都在为未来打拼，所有的牺牲和付出，都是为了美好的前程而奋斗。

他承诺给她衣食无忧的生活。

她坚信他不负自己的诺言。

为了餐馆走上赚钱的正轨，他起早贪黑，而她也从开始的"你什么时候回来"变成"你今晚回来吗"再到"这个月回来吗"直到后来的"你什么时候有空"。

这些改变也只是在三年的时间扭转，而她也在这时候怀孕，因为怀上孩子时她已经是高龄产妇，为了更好地保护自己和孩子，她辞职在家做起了全职太太。说全职太太，其实就是一个人的独角戏，她打扫和收拾的房子，只有她，没有男主人。

爸妈得知她一个人住又怀孕，最后主动跟她示好，他们经常往她住的地方跑，给她一些帮助。毕竟这么多年过去了，他也不再是当初一无所有的穷小子，现在算不上特别有钱，但赚的钱也能让自家的女儿过得舒适，因此心态也变得宽和。

有时候她坐在客厅里看电视，看着看着就想哭，想给他打电话又怕打扰到他，偶尔忍不住给他打电话，他也很难第一时间接，就算接通也是匆匆问什么事后就挂掉。

摸着越来越大的肚子，所有的委屈都积压到眼眶变成了泪水，可最终她还是咽了下去。路是她自己选的，创业也是她支持的。你想要享受创业成功后带来的物质条件，就必须忍受创业时的忙碌，还要理解对方不能随叫随到的苦衷。

她把这些心情写在日记本上，还用粗笔写了一句话：他们都说我是不食人间烟火的仙子，可我知道，为了你，我愿堕落凡尘，做一个食得人间烟火的女子。

两年后，他的餐馆稳定下来，年收入也非常地可观。

他们坐在一起吃饭的时候，儿子睁着眼睛看着他，圆溜溜的眼睛非常有灵气，许久，儿子奶声奶气地问："妈妈，他是谁？"

她捏着儿子的脸："傻瓜，他是爸爸。"

儿子歪着头不解地问："爸爸是什么？"

他顿了顿，然后看着她。她讪笑着说："你这孩子，怎么问这么傻的问题，爸爸就是妈妈的老公，没有爸爸就没有你。"嘴上说着，眼泪就不争气地掉了下来。

他上前抱住她说："对不起，我应该常回来。"

"没关系。"她温柔地说,"你也是为了这个家而努力,现在餐馆稳定了,收入也不错,你应该也有更多的时间了。"

他叹息一声:"亲爱的,你能不能再给我几年时间?"

她的心猛地一沉:"什么意思?"

"我想开连锁店。"

她有些激动地推开他:"现在餐馆的收入不错,我们一家人生活不算什么大富大贵,但也是衣食无忧。我不求荣华富贵,我只求小富即安。"

"可我是男人,我想走得更高更远!"他立刻辩驳,"当年你为了跟我走,被家里人抛弃,他们为什么反对,无非就是我是一个穷小子!现在,我有能力了,我要站得更高,让他们知道,当初你选择我是对的,我不仅仅是为了自己,也是为了给你争口气!"

他说走得更高,不是为了自己,而是为了给她争口气,他说得那么有理有据,她一时间也没办法找出反驳的话来。

怎么办呢?从一开始她就扮演贤内助的角色,无论他做什么,她都是支持的,而这一次她也没有拒绝的余地。这就好比一个人,长时间给另一个人无条件做饭,有一天对方提出要做一道复杂的菜,那个人也只能"试试看"。

良久,她抱着孩子强颜欢笑:"孩子需要你,可是你又想走得更高,我怎么能阻止你。但我有个条件,在孩子上小学的时候,无论你的事业发展到什么程度,你都要回归家庭。"

"行,什么都听你的。"他一口答应。

那晚,他抱着她睡觉,对她说了很多宏图大业,还展望更璀璨的人生。

在他模拟出来的未来里,她觉得自己的命运像是一片浮萍飘飘荡荡,随着风、随着水波摇晃,失去了自我,只能被动地等待着。

4

孩子上小学后,他没有实现自己回归家庭的承诺,但是他的连锁餐饮已经做到了全国知名品牌的行列,他成为电视机前的成功人士,还是劳模代表,当然他们的婚姻也一直是各大媒体和杂志津津乐道的话题。

少时一无所有,中年什么都有。

五岁的差距,女方在最好的年华陪着男方私奔。为了惩罚女方的行为,她的父母还要跟她断绝关系,最终他们苦尽甘来享受着后来的荣华富贵。

他成了公众面前最完美的人物,他们的爱情故事被很多年轻人列为完美的代表,他们都留言说:"这一对是我们在浮躁的社会里见到的最美好的夫妻,因为他们的存在,我们才愿意相信爱情。"

是呀，她不欺少年穷。

他没有辜负她当初选择她的勇气，成为了成功男人。

这不正是那些怀着梦想的年轻人，最想看到的结局吗？

只是，事实是这样吗？

坐在豪华别墅里的她看着报纸，翻着杂志，有时候也会在各大网站一条一条地看着有关他的信息。现在她只能在这些地方看到他，关于回家这件事，似乎是很遥远的事情。她甚至不记得，他上一次回来是什么时候。

那些被人们夸得天花乱坠的爱情，其中的辛酸也唯有她自己能体会得到。

几天后，她接到了他的电话，他说有个电视台要采访他们夫妻，他已经把飞机票买好了。她原本想跟他说一些客套的寒暄，但是他却挂掉了电话。

听着电话那端的"嘟嘟"声，眼泪愣是没忍住。

只是，在上飞机前，她还是好好地收拾了自己，还把孩子交给了爸妈带，自己踏上了通往陌生城市的道路。

见到他时，她发现他胖了很多，看起来也容光焕发，而她呢？在自己来这里之前，她已经很努力地化妆，可盖上再厚的粉也掩饰不了岁月在她脸上留下的痕迹。

"好久不见。"

久别重逢，她脱口而出的就是这四个字。

他笑了笑，特别地礼貌而疏离，随后问："你还好吧？"

"钱很多,花不完。"她说,"儿子也很好,不过总是问我爸爸什么时候回来,呵呵,我都不知道怎么回,你说这孩子,你这么忙,他……"

她还没说完,他就转过身,而站在不远处的一个男助理、一个女秘书上前,他脱下外套,她想伸手去接,可是他却顺手给了男助理。

那一刻,她有着前所未有的失落。

陪着他演完夫妻恩爱的节目后,他问:"你想吃什么?"

"你住哪?我们去超市买菜,我做。"

"麻烦,"他说,"那我带你去我常去的地方。"说着他似乎又顾及什么:"还是按照你说的做吧。"

他们在超市买菜,她认真地选着,他一直站在一边低头看手机;她时不时会问他一些事情,他都是心不在焉地敷衍。偶尔有认识他的人路过,有要签名的,有求合照的,他都面带微笑地一一回应。

他看起来那么地温文尔雅,对每一个人都那么地礼貌而热情,可是对她却陌生得让她心底泛起无尽的辛酸。

吃饭的时候,她说:"你现在什么都有了,以后我们在一起吧。"

他说:"忙。"

"你不是答应过我,等孩子上学的时候,无论你的事业发展到什么程度,你都回归家庭吗?现在孩子总是问我爸爸什

126

么时候回来,我不知道该怎么解释。"

他低头吃饭,什么也不多说。

这时,她深深地觉察到,他们之间的距离越来越远,他变得陌生,已经不再是她认识的男人了,他从当初给她无数承诺的正直少年,变成了圆滑处事的中年男子。

很多人说,20岁的女人什么都有,20岁的男人什么都没有。

40岁的男人什么都有,40岁的女人什么都没有。

她比他大五岁,她步入了"豆腐渣"的年龄,可是他还"风华正茂",无数女人前赴后继想巴上他这棵树。

今非昔比,他们的地位早就颠倒。

5

她安安心心地做着自己的全职太太,每个月拿着他汇给自己的巨额生活费,她开始找工作,进入了职场。虽然年龄大,可是她觉得当一个全职妇女会让自己的社交圈子越来越窄,而当一个职业女性,就算工资很低,可是生活得无比充实。

至少,她没有空闲的时间去想,他什么时候回来。

至少,她没有空闲的时间去想,他是不是在外面有了什么情况。

至少，她没有空闲去患得患失。

为了自己能回归职场，也为了孩子能受到更好的教育，她叫来了自己的父母，还雇了一个保姆，家里被打理得井井有条。有空的时候，她还会去美容院打扮自己，偶尔也会用一些高档的护肤品来改善自己的肤质。

渐渐地，她过得越来越充实，很多时候都不去想他。

两年后，他们再一次见面，他将离婚协议书递到她面前，她没有任何的疑惑，也没有任何的迟疑，很干脆地签了字。

他很惊讶："你都不问为什么？"

"早就猜到了，只是还想自欺欺人罢了。不过既然我们走到现在这个地步，我也没什么好抱怨的，在我选择你的时候，我就要面对以后所出现的结果。"她平静地说，"谢谢你给我这些年的期待，也该是结束的时候了。"

他的心里忽然就愧疚了，他仔细地看着她，她不再是25岁时的模样，就算她现在看起来气色很好，可脸上有了皱纹，她似乎做过一些昂贵的保养，可岁月的摧残仍旧让她染上了尘埃。不过，她看上去那么地安静恬然，她就站在那里，却有着令人安心的气质，仿佛站在她身边都觉得如沐春风。

像什么呢？

嗯，像个仙女。

就像当年那些爱慕者给她取的外号一样。

他还想跟她聊一聊,哪怕是虚假的客套,可是自己的手机响了起来。打电话的是第三者,他没接,对方就一个接着一个地打。

她没理会,只是很识趣地离开:"祝你幸福。"

望着她渐行渐远的背影,有那么一刻,他的心底也泛起了酸水。

可这些内疚和对美好过往的回忆,也不过是转瞬即逝,他要面对的,是年轻貌美的女人。崇拜他、喜欢他、尊重他,把他当作男神来看待,更重要的是,对方学历高有不错的职业,在很多方面能帮到他。

可她呢?

年轻的时候,她确实有着高学历,可随着时间的增长,她慢慢落后了。后来还当了全职太太做起了后勤,时代发展这么快,她早就被抛得远远的。

残酷地说,现在的他已经不需要她。

而她,已经匹配不上他的高度。

他们的婚姻只能走到这里。

6

一年后,他被爆出婚内劈腿,舆论一阵哗然。

那些把他们的爱情当作完美模范的人全部声讨和攻击他,攻击他薄情、忘恩负义,攻击他在事业最好的时候抛弃糟糠妻,还有一些偏激的网友们自动组织反对他的联盟,拒绝去他旗下的餐饮连锁用餐。

负面新闻铺天盖地地砸了下来,他的团队开始应对,可是危机公关做得再好,还是抵挡不住愤怒的网友们,这让他始料未及。

因为形象受损,加上网友们的抵制,他的公司也受到了前所未有的打击。

无奈之下,他晒出自己和她的离婚协议书,证明自己不是婚内出轨,而是正常的交往。可是网友们还是不肯放过他,在他们看来,他只有一心一意地对她才是最好的结局。

走投无路的时候,他找到她,说:"替我说几句话,行吗?"

她问:"什么事?"

他把这些事一五一十地告诉她。

她听后说:"行。"

然后在微博和借助一些媒体给他说好话,她的出面给他挽回了一些不利的局势,可是她的善良和大度也激起了网友们的赞赏和同情。

几个月后,股市大跌,他控股的几家公司面临窘迫的境地,而他的公司也因为网友的抵制和一些负面报道举步维艰。

俗话说墙倒众人推,一些记者暗访他的餐饮连锁店,揪出了一些食品安全问题,给他的事业以沉重的打击。这时候,那个崇拜他把他当作男神的女人开始落井下石,她一面说自己跟他是普通朋友来撇清关系,另一方面积极地与其他男人保持暧昧,开始找好下家。

这时候,他开始反思这些年的得与失。

渐渐地,他也醒悟,做什么事情都要坚持到底,莫要因为一时的利益而辜负了初衷。

可这时,他还有挽回的机会吗?他想试试。

可是,她在帮他说了一些好话后,就进行了全世界的旅游计划,而此时此刻她在澳大利亚站,微博和微信上都是那些美丽的照片,上面只有风景,没有她。

他想追回她,因此按照她的足迹追寻。

追寻到她是在瑞典的西约特兰,这个城市充满了浪漫的基调。在这个较为湿冷的地方,她却穿着一袭碎花裙,裙子几乎到脚踝。风迎面吹来,发丝在她脖颈间缠绕,他想上去抱抱她,来为这些年对她的冷落而致以歉意,可是她身边却站着另一个男人,外国人,金发碧眼,看起来还很年轻,他握着她的手,用英语跟她交流,他听不懂,只能听着她和这个外国人流畅地沟通着。

此时他才发现,其实她一直都很优秀,而因为他,她曾经心甘情愿地将自己的羽翼折断放在一边,然后耗尽自己的力量来支持他。

接下来,他邀请她吃饭,她没拒绝而是很优雅地接受了,只是让他难过的是,她带上了那个外国人,他不知道他们是什么关系,可也能猜出一二。

席间,她介绍:"这是我男朋友。"

他强颜欢笑:"他对你好吗?"

"很好。"

"你是真心喜欢他吗?"

"当然。"

他又问:"你们有结婚的打算吗?"

"如果稳定的话,就这几年。"

简短的对话后,他们就低着头吃饭,而她的外国男友还时不时地找些话题来活跃气氛。

回去后,他和她都一夜无眠。

7

我知道这个故事时,自己刚交了一个比自己小三岁的男朋友。

我不算什么都有,但是他确实是一无所有。

而故事里的"她"正是我朋友的朋友,经过多方打探,我联系到她。

我们坐在人较少的咖啡厅,我看着她的脸,虽然她说自己老了,可是我依旧觉得她很优雅。

我开门见山地说:"我听过很多有关你的故事,想来了解一下。"

"你听到的是什么版本?"

我把自己听到的版本告诉她。

她笑:"有一点儿出入,但多数都是正确的。"

"他在瑞典找到你,为什么当时你不复合这段关系?"

她反问:"你觉得我应该跟他复合?"

"如果是我,我不会。"我说,"可是,你们有孩子,而且按照你们这代人的思维,不是求和不求离吗?"

"那也是别人不是我。"她继续说,"从我选择他的那一刻开始,我就做好了一切的准备:白头偕老和半途分道扬镳。"

"如果知道会分道扬镳,那为什么不规避呢?"

"怎么规避?"

"例如从一开始就不要开始这段关系。"

她意味深长地说："如果你跟一个人在一起后来分手了，觉得是耽误了青春，那么一开始就不要在一起。如果那时候，你觉得无论如何，你都能接受后果，那就勇往直前。"随后她又说，"最初我要的是一世一双人的结局，我要的是一尘不染的感情。长期的异地分居，两个人缺少交流，感情自然而然就会被别人有机可趁。当然，一个人配不配得上另一个人不是从经济上来衡量，而是两个人的思想。一个人想着一对一，另一个却想着有钱就要三妻四妾，那么你们的思想就有偏差，这个人现在配不上你，以后也配不上你。"

我仔细品味这这些话，然后愈发地佩服她。

"那你跟外国男友结婚了吗？"

"男友？"她笑，"那是我用来拒绝他的挡箭牌，其实这些年我都是一个人过来的。人不能因为寂寞而去找一个伴侣，而是为了一生的相守而找你的另一半，遇到，我幸；遇不到，那就只能冷暖自知。"

之后，我又问："如果再给你一次机会，你还会这么选择吗？"

"至少不会找比我小的男人。"她说，"太累。"

我说："姐弟恋没什么不好，这俗话不是说'女大三，抱金砖'吗？"

她问我："女大五呢？"

我挑眉："赛老母。"

她不解："赛老母？"

我嘿嘿地笑着："女大五，赛老母。"

她一听跟着我一起笑，笑着笑着，就那么猝不及防地哭了。

8

她说，其实在她看到他"劈腿"的新闻时，她也有过怨恨，可是这些年她对他的感情，还是让她无法狠心地看着他受到伤害，所以她选择帮了他。

她说，在那段旅游的时间，她开始反思过去也开始遗忘过去。

她说，在走过很多大海的时候，她大声喊着他的名字，然后让自己狠狠地忘记。

她说，纵使她心里有一万个舍不得，可她还有一份理智，他们之间再也回不到年少轻狂的时代。破镜就算勉强合在一起，照出来的人脸也是破碎不堪。

她说，对方在行走的时候，你也要跟着行走，否则你会赶不上对方的进度。在他走远的时候遇到别的人，牵住了别人的手，你抱怨他不等你，可是也要反思自己为什么不跟上他。

她说，这个世界不能指望着谁，也不能想着倚靠谁，任何人都要靠自己，只有自己才不会背叛自己。

这些年,长大的我们

1

春节时,住在农村老家的阿姨在我老妈的介绍下很惊奇地看着我。

"真是女大十八变,长得越来越标致,太漂亮了。"

这种望着土猪变凤凰的眼神,让我尴尬地笑着,我问:"怎么,我小时候长得很丑?"

阿姨点点头:"很丑。"想了想大概是意识到自己说错话了,赶紧改口:"只是没现在漂亮。"原本我的心情平复,她又补充一句:"看了就觉得'这孩子怎么就长成这样呢,看她弟弟长得那么俊俏,你就这么磕碜,都是一个妈生的,区别怎么就这么大呢?'"

当我听完这句话的时候,我觉得我已经不能友好地跟她说话了,因此我只能保持僵硬地傻笑。

过了一会儿,阿姨往家里看:"你弟呢?"

"他参加同学聚会了。"

阿姨说："你弟小时候就喜欢帮着你,谁说你丑,他就捡砖头把人家从村头追到村尾,不砸到人不罢休。有一次有人气急了跑去你家门口骂你妈'你这儿子没教养,看他以后能有多大出息',结果长大了就懂事了,考了好大学还读了研究生,成为村里学历最高的孩子。"

对于这件事,我想起我一个姨娘跟我谈心时的场景。

姨娘:你小时候很聪明,贼亮那种。

我问:是吗,举个例子。

姨娘:你五六岁的时候,我带你回家,你在路上看到一个女人打着辫子,就跟在人家后面跑,喊着"妈妈,妈妈",因为在你的思维里,后面打着麻花辫子的都是你妈。

我:怎么你举的例子不是显示我聪明,而是凸显我是脑子不好使的智障儿童?

姨娘想了想也自认为自己举例不恰当,她又回忆:大概在你四岁的时候,你三姨娘骂了你几句,但是你不敢还嘴,后来在她转身的时候朝着她茶杯里吐口水,结果不知情的三姨娘给喝下去了。

嗯,虽然小小年纪就这么卑鄙无耻不是一件值得炫耀的好事,但我对这个"小聪明"甚是满意,起码智商没问题、无障碍。

但是等等……

这个情节被知道,说明她看到了我当时的"调皮捣蛋",

可为什么她不在当时指出来,还让三姨娘"不知情"地喝下去?当然,我只是小小地疑惑,这种会破坏她们姐妹情谊的事情,我自然不会拆穿。

姨娘接着说:最好玩的是你弟,后来几次见到你三姨娘都抓一把灰往她的杯子里放,有次被发现了,被你妈脱了衣服打。

关于我弟,我有必要花一点儿笔墨来描述他。

小时候,我们站在爸爸上班的地方并肩唱歌,爸爸的朋友们说:这两个孩子好玩,唱歌也好听。

小时候,他们说他好看,说我长得贼丑。我很难过,他跟他们说你们家的那几个也不见得有多好看。

小时候,我被村里的孩子欺负不敢还手,他看到后会不顾一切地冲上去跟对方对拼,不论对方多高多大,也要把对方打到哭为止。

小时候,我们形影不离又相依为命,我是被保护的对象,可是在说话以及细节方面,他会跟着我学。例如,我发音不准把爷爷的称呼用土话叫成"鸡",他也跟着叫"鸡",下雨说成"挖鱼",他也跟着说"挖鱼"。

直到现在,我们活了二十多个年头,除非说普通话,而说家乡话的时候,那些发音不准的土话却仍伴随着我们。以弟弟的话来说就是"比黑历史还可怕",因为历史已经成为过去,但这些发音已彻头彻尾地变成了一种习惯,抹不掉也改不掉。

2

我弟身高跟我一样遗传了爸妈的悲剧身高，更悲剧的是，我没妈妈高，他也没爸爸高。所幸的是，他长着一张"小白脸"，能吸引不少花痴女的目光，他经常被我身边的女性友人调戏着评价："你弟那张脸，就是让40岁女富婆看着春心荡漾的类型。"

对此评价，我时常跟友人据理力争维护他的尊严，可是他听说后，支着下巴颇为得意地说："这说明我很帅，真是有点儿不好意思了。"然后甩甩头发，小小的骄傲之情看得我想一拳把他的脸给砸成豆腐花。

其实小时候，他长得也很萌，站在家门口都会引来村里和村外的人围观，甚至妈妈抱着他去医院打针，他哭嚷着"不要不要"，撕心裂肺的程度像是贞操不保一样，这时候，医生看他的脸都会母性泛滥地说一句："不打就不打，给你开药，甜的。"

对此，我就没这么好运了。

我从小就是生病体质，隔三差五在晚上发高烧，妈妈立刻把我抱起来送医院。对于打针这种事情，我也是一万个不愿意，可就算我把嗓子哭哑了，喉咙喊破了"不要不要"，医生还是摁住我，拔出针管，尖利的针头对准我的小屁股刺下去，粗暴程度简直是人神共愤！

在我七岁那年，弟弟五岁，如果按照周岁算我五周岁，他才三周岁。我们在农村老家的水泥地上玩耍，离我们家不远的小男生跑来逗弄着弟弟，期间也不知道遇到了什么事，我弟忽然从家里的厨房拿出菜刀说要杀"鸡"，中途也不知道怎么的就摔倒了，刀锋划破了脸，鲜血横流。爷爷在里屋听到哭声后跑出来一看，立刻回厨房拿了一包火柴，并把火柴上用于划火燃烧的部分撕下贴在他脸上，根据爷爷的经验，火柴皮是可以止血的。

妈妈回来后也没过多重视，结果他的脸开始发炎溃烂，最后愈合的时候变成了一道明显的疤，看着特别地突兀，等爸妈意识到事情的严重性时，这道疤跟随了他十几年。

八岁的时候，妈妈送我去读书，弟弟拉着我的衣角要跟着一起。妈妈想了想觉得两个人好照应，于是给我们一人做了一个单肩背的布包，我们斜挎着都要到脚底的包，两个人牵着手开开心心地去学校。

有一次上学后回家，弟弟在家里闹腾，被妈妈连拖带打丢进了猪圈，弟弟没见过这个场面，哭得在里面大叫"妈妈把我放出去"，后来妈妈跑出去忙农活，最后他抓着猪圈的栏杆哭着对我喊"姐你放我出去，放我出去嘛"。

我就站在外面看着，不敢上前打开门，因为我知道妈妈的脾气，一旦我这么做了，我会跟他一起进去。

　　妈妈回来后,弟弟哭累了,在猪圈一角睡着。第二天,我很内疚不敢面对他,但他仿佛忘掉这件事,依旧屁颠颠地跟在我后面。只要发现有谁嘲笑我,或有谁在背后对我指指点点说我长得丑,他就会举着拳头上去跟别人打架。

　　一年后,爸爸赚了小钱,在小镇盖了房子,我跟弟弟住进去后,每次去农村的小学上学,都要走一个小时以上。每天早上我们起来得很早, 爸爸忙于工作不搭理我们, 妈妈早上很少早起,我跟弟弟两人拿两块钱买八个肉包子边走边吃。

　　每次我们走到学校必经的村庄时,那里的老老少少都喜欢看着我们,见到我们就说"嘿,两个小不点过来了",俨然就把我们当成猴子来围观,哦不,正确的表述是小明星。

　　那时我们小,脸皮薄,经不住这么炽热的目光以及赞叹的话语。每次路过村庄的时候,我们都走得飞快,为的就是不那么受关注。也因为这些细小的事情,造就了我们至今华丽而不张扬、优秀却又低调的性格,让我们由内而外散发出与众不同的气质。

　　长大后, 我把这些说给弟弟听时,他一边吃饭一边说:"姐,你能不自恋吗,可以稍微低调一点儿吗？你喜欢自卖自夸,能不把我加上吗？ "

　　我点头认错,并尊重了他的意思。后来我每次描写关于姐弟的事情,都不提他的名字,而是用"我弟""弟弟""老弟"

来替代他,这样就能让他安静地当个脸上拥有淡淡的小刀疤的美男子。

3

从农村搬到小镇后,爸妈考虑我们路途遥远给我们转到小镇上学,入学报到那天,还在读学前班的弟弟被安排到二年级,而我进入了三年级。那时候我们小学是五年制,这样安排对我来说没有影响,但是读学前班的弟弟还不太会写字,这意味着把一个上幼儿园的孩子直接放到小学上二年级,于是,他跟不上节奏!

在他上小学五年级前,他的成绩一直处在及格以下,三年级考试时,因为数学考了58分,他把5改成了8一眼被妈妈看出来,最后妈妈气得扒光他的衣服一顿猛揍。他抓着衣服往外跑,因为个头小,左突右窜抓不到。追到一半,弟弟跑到了街道见不到影子,火爆脾气的妈妈踩着自行车去追,硬是把他给抓了回来"教育"。

晚上,妈妈揪着他的耳朵说:"你看看你,考试都不及格,你要是有你姐姐一半,我也就放心了。"

弟弟还嘴:"你什么时候关心过我们,你只会打你的麻将,你凭什么管我?"

"就凭我是你妈！"

接下来，他又被揍了一番。

我站在一边看着他哭，听着他叫"姐姐帮我"，可我就是那么怂包。每次他挨打的时候，我什么话都不说，只是看着；而每次我被人欺负的时候，他总是二话不说冲上去。

这一次挨揍后，他变乖了不少，在学习上面也更用心了，渐渐地，他成绩越来越优秀。

升入初中后，他也进入了叛逆期。

其实他的叛逆不过是"老师的话是圣旨"，而对于爸妈的话，他完全当作耳边风。举个例子，老师说吃水果对身体好，他会照做，如果爸妈这么建议，他就当作没听见。

后来的后来，他赶超我。而我因为想画漫画，被爸妈认为是"虚无缥缈的梦想""天天瞎想一些不切实际的东西"给拒绝，那时我选择了自暴自弃，进入高中后每天看杂志，上课睡觉，成绩一落千丈。可弟弟却变得越来越优秀，每次考试在班级前十。那时他所在的班级并不是普通班级，而是学校从整个年级抽出来的优等生组合成的"实验班"，能进入班级前十，就等于是年级前十。

自此，妈妈的口头禅"你什么时候变得跟姐姐一样，我就放心了"，变成了"你什么时候有你弟弟那么优秀，你爸在同姓家族面前也有了面子"。

因为我不爱学习，弟弟也加入了爸妈的阵营经常批评我,什么老是看没营养的电视剧呀,每次我正看得津津有味,他会冲进房间直接关显示器,我抗议他就威胁"你信不信我告诉妈妈"。一句"告诉妈妈"就足以让我屈服。

每每这个时候,我就无比怀念小时候跟在我后面屁颠屁颠的弟弟,对现在的他一点儿都不喜欢。

青春叛逆期的男生,就是令人头疼。

有时候我跟他说一些想去画漫画的事情,他就一心扑在作业本上,连起码的应付和敷衍都不屑,让我更加哀叹长大了的弟弟是个大坑。

高考那年,他考试失利,只过了二本分数线。左邻右舍都是一副幸灾乐祸的样子,不要问我为什么邻居不觉得遗憾而是取笑,因为小市民的心态总是喜欢看别人过得不幸福,别人家的孩子不优秀,来获得心理满足。

他们明明知道弟弟只是过了二本分数线,但是一见到我爸妈在人群中就大声问:"你儿子考上重点了吧?北大,还是清华?"

爸爸低着头,站在门口的弟弟折身回屋。

录取通知书下来后,他把通知书整整齐齐地叠好放进抽屉,然后他认真地跟爸爸说:"我要复读。"

随后,他开始了非常艰苦的一年。这一年,他所有的时间都放在了复习上面。第二年高考结束后,他估算了分数有600以上,心情大好。

　　高考出分那天，家里网速慢，叔叔打电话让我在合肥查，说城市里的网速应该快一些。我立刻去学校附近的网吧给他查分数，一看有600多。当我激动地把分数报回家的时候，那边的他平静地说："在家查出来了。"

　　这是一个超出重点本科很多的分数，也就意味着他可以上一个很拉风的学校。家里自然是一片喜悦，也在这一年，我们在爸妈资金支持下一起去厦门游玩了一个月。

　　最后，因为爸妈心情好，我也跟着弟弟沾了光：整容。弟弟修复脸上的刀疤，而我顺势割了一个双眼皮。

　　结果是，我在割双眼皮之初，爸爸极力反对，说女孩子家还是自然美得好。当双眼皮割过之后，陌生人见到我和我爸爸会说一句："你女儿跟你长得真像，尤其是眼睛。"这时候，我爸爸会仰头开心地哈哈大笑，私下观摩着我的眼睛使劲儿点头："不错不错，这钱花得值。"

　　至于弟弟，他比较悲剧。脸上的线拆掉后，疤痕没见变小，脸上还留下了线的孔。好在三年之后，他脸上的疤痕慢慢淡下去，到了如今，虽然疤痕还存在，但相比之前醒目的痕迹，已经变得无比温和了。

4

大学毕业后,我直接去珠海,追求我的漫画梦想。

春节回家的时候,我坐了二十多小时的大巴到家,爸妈见到我寒暄了几句。弟弟接过我的行李给我放到房间,还给我泡了一杯茶。

除夕晚上吃饭,爷爷要我喝酒,我说身体不舒服不方便喝,爸爸重复说了几年的话:"都让你平时好好吃饭、好好注意身体,你看看你,每天吃勺子那么多的饭,身体能好吗,动不动就不舒服。"

弟弟领会了我的意思,他拿了一瓶牛奶放进开水里,十分钟后,他将牛奶递给我:"意思一下吧。"

这雪中送奶的感动,让我心底一热。

弟弟和爸爸不同,他不是一个只知道工作的粗心男人。他心很细,知道女人有生理期,知道女人在生理期的时候会肚子痛,更知道处于生理期的女人不能吃生冷的食物。他甚至知道,防晒霜要几个小时就需要补充,而我这个粗糙的女汉子,每次出门前涂一遍就完事,在他说这个细节之前,我一直以为一次就能保一天。

正月初三,妈妈试探性地问我过完年后还要去珠海吗?我点点头。

　　她忽然就火了,指着我的鼻子说:"你就知道瞎跑,学什么漫画?你就不能认认真真、踏踏实实地工作吗?"

　　我回:"我有梦想,上学的时候你们不支持我,我又离不开你们,因为我赚不了钱。现在我独立了,我要做真正的自己。"

　　"你说你怎么养自己?"

　　"我写小说赚钱。"

　　"写小说怎么赚钱?"

　　"上杂志,或者出单行本全国上市都是有稿费的。"

　　妈妈气得举起手,但最终没有打下去,她只是气呼呼地说:"就你那点儿本事,你还能出版小说?你要是能出版一本,我跟在你后面爬出这个镇子。"

　　爸爸也跟着帮腔:"你说你会什么,你文不能测字武不能当兵,就靠一张嘴巴说自己厉害有什么用?就知道吹牛,什么时候你才能脚踏实地?别混到以后,心里想着'哎哟,我现在一无所有,爸爸还有点儿',真到那个时候,我没钱给你!"

　　谁也无法体会我在那一刻的绝望和难过。

　　全世界的陌生人都可以说你废物、没用,可你也许都不会介意,因为这些人与你无关。而唯独你的亲人们,他们是你唯一的支柱,却将你刺得遍体鳞伤。

　　我不能像对待陌生人一样对待他们,所以只能把泪水都吞进了肚子里。

　　我一字一顿地说："放心，我就算是死在外面，也不会求你们！"

　　爸爸似乎意识到事情的严重性，他立刻说："我只是希望你现实一点儿。"

　　我说："最差的结果无非是我混得狗屎不如，可那又怎样？为什么你还以为我像个蛀虫一样巴着你？我再无能，以后我会嫁人。你这句话的意思是，我不行，我未来的老公也差强人意！否则，为什么我还巴着你那点儿钱？"

　　丢下这句话后，我把自己关在屋子里哭得昏天暗地。

　　过完节后，我凌晨四点起床收拾行李准备再次去珠海，爸妈这时还躺在床上，他们并没有送我的意思，因为之前的争吵，我们的关系已经恶化到崩溃的边缘。弟弟听到声音后爬了起来，帮我拎东西一直把我送上车才离开。

　　临走时，他说："路上小心。"

　　我说："嗯。"

　　这一次去珠海，我待到了十月，感觉到了学漫画无望，我给他打电话："我想去长沙。"

　　他顿了顿："什么时候。"

　　"一个星期。"

　　他说："那我给你找好房子。"

　　我说："行。"

　　到了长沙后，我住在他们学校的内租房，期间因为工作

148

搬了几次家都是他帮忙,这来来回回的奔波,因为他乡还有个亲人而显得不那么颠沛流离。

在这期间,我找了一家文化公司做了一个小编辑,每天无比地忙碌,从收稿子、看稿子,到杂志的栏目构思和撰写。因为新编辑实习工资低,为了维持生活,我利用工作以外的时间在网上连载小说,或者给杂志写长短篇来赚生活费。

之后,我的长篇小说陆续出版上市,发表在杂志的短篇,每次编辑问我要地址邮寄样刊的时候,我都填家里的地址,因为只有这样,爸妈才能看到我的成果。原本我以为会得到他们的夸奖,可是他们并不以此为荣。

以我爸妈的意思,"你说你写小说有什么用,你说你的小说上杂志、全国出版谁信呀"?样刊摆在他们面前,他们还是不屑一顾,"你说你优秀有什么用,银行卡里有多少钱,家里人都看钱的,没钱你说你再牛都没用"。

可能不接触图书出版这块的人会以为一个作者写一本小说会有几十万、上百万的稿费,那不过是金字塔顶端的个别人,多数人都挣扎在温饱线以下。

如果以金钱来衡量一个人的成败和优秀与否,就算是站在金字塔顶端的一线作者也全部是糟糕的失败者。年薪千万能排全国作家富豪榜前三,年入300万就能进入前十。而这些钱,一个小城镇的暴发户都能甩他们过几条街。

很遗憾,我站在金字塔最底层,稿费只能勉强解决温饱,哪有什么剩余?

当我把这些现实告诉弟弟时,正在埋头狂吃自助餐的他擦擦嘴巴:"那怎么办,现在人都以这个论成败,你只能接受。"

我嗤之以鼻:"没想到你也这么俗。"

他不辩驳,继续狂吃。

5

2013年夏天,我从长沙回合肥,弟弟也在年初考上了上海某重点学校的研究生,让邻居们看红了眼。

比起弟弟考上研究生的喜悦,爸妈更操心的就是我的婚姻大事。相比两年前他们对我的各种讽刺和不屑,如今态度好了不少,可冷嘲热讽也没停止。

回合肥后,我找工作并不是一帆风顺,令我尴尬的是,合肥没有文化公司,因此我只能找一些编辑相关的工作,可总做不长久,于是不断地跳槽。

在找工作的不稳定期,我交往了一个男朋友,每每遇到问题的时候,我都会发短信跟他聊天,说一些烦心的事情。他都安慰我:别想太多,也别闹心了,一切都会好起来的。

后来,这段感情无疾而终,我低迷地走不出自己的牢笼。

弟弟知道后立刻说:你这条件什么男人找不到,分就分了,不要难过了,好好生活、好好工作。男人会让你难过,会让你患得患失,但工作永远不会!

2014年我终于进入了安徽的某个出版社,工作才逐渐稳定,至于感情的事情自然也是水到渠成,只是对方比我小那么几岁。起初,弟弟知道这件事后非常地担忧,例如"姐,我是男人,我知道男人的心理,太小的不靠谱","太小的男人不会想到结婚,你应该找愿意跟你走进婚姻的男人"。

我说:"我知道他还小,但是从很多细节可以体现出他不是抱着玩玩的态度,而是真的很在意我。"

弟弟问:"怎么在意你?"

"至少他愿意包容我的一切缺点,这些年我跟爸妈因为各种事情发生冲突,脾气变得暴躁而敏感,没几个男人能承受我这样的脾气。"

弟弟继续说:"男人都喜欢伪装,别看当下,要看长远的。"

我回:"总之,我是不固定性地发飙,我的脾气你也知道,如果不是天生的好脾气,他再怎么伪装也撑不住一个星期。"

弟弟继续问:"他什么专业,目前做什么工作?"

我回:"跟你同一个专业,工作目前还在找。"

当我执意选择比自己小的对象,他妥协:好吧,把你家小朋友的简历给我,我送给同学看看,让他进好一点儿的企业锻炼。

可当他看到对方的简历时,我虽然看不到他的脸,但是我能感觉到电脑彼端他想死的心情。最后,他花了一点儿时间帮我的"小朋友"修改了简历再投递出去。

末了,他说:不管你选择谁,自己觉得幸福就好。当然,他对你好,这比什么都重要。

6

2015年,弟弟要面对研究生毕业后的工作。

上海的一家研究院将他录取,但是在他问薪资以什么方式增长时,对方惊讶:涨工资?我们的工资都是固定的,不会涨,除非你升职。

弟弟尴尬得无以复加,这就是国企,家人眼里的"铁饭碗",不用操心的稳定工作。

而后,为了找到具有竞争性的工作,弟弟面试了一家宁波的外企,但遭到以爸爸为首的一众亲人的反对,他们苦口婆心地劝:你在上海工作就有了上海户口,现在人家花钱都难拿到呢,你只要在这里工作就能得到何乐而不为?而且所在的单位不是普通的国企,它稳定、轻松,还能让你学习到更多的东西不让你变得懒惰,这样的工作你不但能收获经验又能照顾到家庭。

弟弟问我："姐,你觉得呢?"

我翻白眼："建议你去外企打拼,那里是能者上庸者下的世界。男人要有拼劲儿,混日子能混多久?国企现在是不错,在里面安逸久了,以后可能会适应不了新环境。"

他点头说："甚合我意。"

因为工作的事情,爸爸动员各路亲戚人家对弟弟进行全方位洗脑。

我过完春节后依旧在收拾东西,这次是中午走,妈妈也给我准备了一些土特产让我带着,爸爸跟在后面。

这一次送我上车的是爸妈,而不见弟弟的影子。

上车的时候,他发短信给我:去合肥了吗?

我回:刚上车。

他回:路上小心。

我回:知道呢。你什么时候去上海,工作决定好了吗?

打出"工作"两个字我有片刻的恍惚。

他回:上海吧。

我回:怎么不遵从自己的心思?

他回:这么多年看到你跟爸妈的对抗,不想走你的路。我知道他们的观点不一定都对,但我知道,他们内心是希望我们更好。既然我选择留上海能让他们开心,那就让他们开心点儿,反正在哪都是工作,只要有心,哪里都能发展。相信自己,事在人为。

我回：那就好好加油。

收起手机，开往合肥的大巴也启动了。

窗外的房子在我眼前急急往后退，浮光掠影间，我想起了小时候的我们。

小时候我脾气温和又怯弱，他调皮又淘气。

每次我遇到困难，他总是第一个冲上去；而每次他遇到困难，我总是站在一边看着，什么也不敢做。

长大后，我在与爸妈的冲突中变得像个刺猬，每次谈到思想不合的地方，总是自动释放保护罩来保护自己，并像他们一样用恶毒的话来刺激和挖苦对方；而他变得越来越沉默，很少参与激辩。

可唯一不变的是，在我遇到困难或者不高兴的时候，站在我身边的永远是他，从最初用武力保护，到如今的言语安慰以及鼓励。

这份关爱从来都没有变过，只是他更成熟了，更懂得怎么进和退。

沉沉浮浮的世界，起起落落的人事。

时光将青涩变得成熟，把稚嫩蜕变成稳重。

原来在不知不觉间——

我们一晃，长大了。

倔强地绽放在你的心口

学生时代,张晨不可自拔地喜欢上了一个文静的女孩子。

那时候,她说冷,他的心里就结了冰。

她说热,他的心就燃起了火。

她说饿了,他恨不能立刻买好饭菜端给她。

可是,他所做的这一切,她都不会接受,因为她有男朋友,对他也只是有时间就搭理,没时间根本不屑交流,可是他都不愿意放弃。

有一次,姑娘跟男友吵架后生病,姑娘打电话给自己男友,对方却没接。无奈之下,她只好拨通了张晨的电话,他得知她生病后几乎是二话不说,出门就打车跑到姑娘的宿舍,抱着她一口气跑下六楼,然后在校外打车送她去医院。

他很荣幸地当了护花使者照顾了她一天,直到她男友来的时候,他黯然离场。

那个姑娘有好几个备胎,而张晨这种连"备胎"都不够格,他所遭受的待遇可想而知。

某次,姑娘又和男友吵架,原因是男友跟其他女人暧昧,姑娘知道后生气地说:"难道你以为就你有人喜欢吗,我也有人喜欢,为了你,我不知道拒绝了多少的诱惑。"

男友耻笑:"就你这样子除了我瞎眼,谁还会追你。"

姑娘为给自己争口气,于是打电话给张晨让他以最短的时间出现在她面前。他连原因也不知道就像是接了圣旨,立刻转车加打的的方式,以最快的速度找到她。

当他知道,他只是他们赌气的一枚棋子时,他依旧无怨无悔。

毕业后,姑娘还是跟自己的男友分了手,他知道这件事后,奔赴姑娘所在的城市,在她公司的住宿楼下站了一夜,他想打电话给她,却又怕被拒绝,想进宿舍,可又不知道她住在哪一栋哪个单元哪一间。

他坐在地上摸出烟一根一根地抽着直到天亮。

第二天,她出门上班的时候,看到蓬头垢面坐在地上的他,她问:"你怎么在这里?"

他尴尬地起来,一时间不知道说什么好。许久才支支吾吾地说:"听说你分手了,所以……所以想来安慰你。"

"没什么大不了的。"她很无所谓地说,"这段半死不活的爱情就这么结束也不是坏事,女人没那么多时间跟坏男人耗着,再这么拖下去,我都没人要了。"

他立刻说:"谁说你没人要,我——"

那些"喜欢你"的话还没能说出口,姑娘就打断:"我没什么需要安慰的,我要上班了,你应该也要上班吧。"

他苦笑:"是呀。"

"那我先去上班了,有空再聊。"

姑娘走后,张晨一个人在她所在的城市逛了一天,晚上坐在火车站准备回自己所在的城市,听着火车站内的火车到站和发车时间的播报时,一个大男人就坐在那里掉眼泪。

这么多年来,他就喜欢过这么一个姑娘,但在对方的心里,始终没有他的位置。

不是所有的付出都能得到回报。

不是所有的感动都能戳进对方的心口。

不是所有的爱都能轰轰烈烈。

而他的爱情,只能一人花开一人花落。

多年后,姑娘嫁人,他还孑然一身。

我们这些朋友劝他快点儿找一个本分的姑娘结婚,他总是说,他所有的感情都耗尽在青春里,现在的他没有了气力再去爱另一个人。

对于他的这些话,我们都说他死心眼。

他却坚持道:"有些人不是非谁不可,就像一个人喜欢吃苹果,但是苹果被人拿走了,他吃梨子也觉得很甜。可我不一样,我是那种认定一个人,就无法磨灭的类型,如果没有苹果,我宁愿不吃。"

之后,我们再也没人去劝他。

我们常说,地球不会因为少了谁就不会转。

同理,在感情的世界里,也不是缺了谁,另一个人就会死掉停止生活。相反,经历过那些疼痛后,人依旧能重新站起来。可有些人却走不出自己的牢笼,你无法批判他是对还是错,因为他只做自己认为是"值得"的事情。

爱一个人,一心一意。

就算得不到,也依旧倔强地绽放着,无论对方是知道还是不知道。

做一朵只绽放给一个人看的花儿,就必须忍受无人理解的孤独,或许有一天,能绽放到对方的心口,成为那个人心底的白莲花。

最深最沉的爱

1

小绿和我是从小玩到大的小伙伴，她离我家不是很远，中间只隔着一条小河。每次我从河堤上往她家走时，总能看见她坐在门口把野菜切碎喂给家里饲养的鸡鸭鹅。有时候，我能看到她妈妈穿着光鲜的衣服站在一边对她指手画脚，偶尔会画个浓浓的妆，跟村里的男人谈笑风生，笑得夸张时脸上的粉跟粉笔灰一样往下掉。

每次小绿看到妈妈和别的男人有说有笑，她就拿着菜刀冲着他们张牙舞爪，闹腾严重时，她妈妈会揪着她的耳朵呵斥，不高兴的时候甚至会拳脚相加。

有一次，我一边给小绿擦紫色的药水一边说："对着大人举菜刀很不礼貌。"

她低着头嘟囔："你不懂。"

我歪着头说："就是不礼貌，就是你不对！"

小绿忽然就红着脸跟我辩驳："就是你什么都不懂，你懂什么呀？"然后她眼里就噙着泪水，她努力咬着嘴唇，不让它掉下来。

良久，她背着身子哑声道："小语，你永远不知道我所承受的压力，你也永远不知道放任妈妈这样下去，我的家庭会面临什么。"

上小学的时候我和小绿在村头唯一的一所小学念书，我们还是同桌。也许因为我个头小的缘故，所以无论是学习还是生活上都是小绿在帮我。

只不过，她每次帮我的时候总会说："你自己也要独立点儿，现在我能帮你，以后还是要靠自己。"

这时候我会撒娇："就你对我最好了，以后就算长大了也要跟你在一起。"

每每这时，她会无奈地笑，然后跟大人一样摸着我的头说："小语，这个世界谁也靠不住，人只能靠自己，只有自己不会背叛自己。"

我听不懂，只是觉得很深奥。

那时，我不知道有一种忧心叫高瞻远瞩，有一种心智叫成熟。

小绿有个弟弟，而且这个弟弟非常地调皮，让人不省心。农村里，父母都忙于农活很少管教孩子，加上小绿妈妈的心思根本不在姐弟身上，因而照顾弟弟的事情，自然而然地落在了小绿的身上。也可能因为这些，她在生活和学习上都十分细心,且比同龄人懂事得更早些。

在我的印象中小绿就是一个坚强、懂事、开朗活泼的女生。后来从初中到高中我们都在一起,高考后由于我的成绩一直都不太理想只考上了一所普通大学,而小绿平时都很勤奋自然也就考上了一所好大学。虽然我们相隔甚远,不过我们之间的感情却并未因此而有所冷却。

2

2009年春节,我早早地回家。爸妈和往年一样在为谁收拾楼上、谁收拾楼下,谁烧中饭、谁做晚饭而争得不亦乐乎,在农村有个习俗,那就是年前要将家里面从上到下都要认真地进行大扫除。一年也就这一次隆重些,寓意着将今年不好的霉运统统扫出去,来年过个吉祥年。所以家家户户对年前大扫除也都很在意。

为了争取偷懒权,妈妈想把我拉到她那边。其实如果忽略我跟爸妈在某些方面的争执,生活上我们相处得还是非常融洽的。

"你说我每天都有做不完的家务,都快过年了,事情更多,他还不愿意帮忙,等他老了我们一起欺负他!"

"嗯,就是,谁让他欺负妈妈,做好吃的都不喊他。"

"没事,喊了他也听不到!"

我跟妈妈不约而同地笑了,不过一旁的老爸比我们笑得还要开心。

妈妈指着爸爸粗糙厚实的脸打趣道:"再笑老褶子都出来了。"

被妈妈这么一说我们的笑声更是肆无忌惮了些,看着幸福的老爸和老妈我突然想起什么来了。

"妈,小绿回来了没?"

"小绿,她……回来了。"此时妈妈脸上的笑容凝固了,渐渐地变得有些凝重,一旁的爸爸也突然地皱起了眉头,看着爸妈突变的神情我知道关于小绿爸妈的事应该是八九不离十了。

"小绿的爸妈真的离婚了吗?"虽然从爸妈的表情中我已经知道答案了,可是我还是想抱有一丝侥幸,希望这只是一场闹剧、一场夫妻之间类似于平常为柴米油盐而发生的口角之争。

"真的离了!"爸爸沉重地道,他的脸上更多出了几分惆怅与怜悯。

小绿的爸爸虽然比我爸大上几岁,不过他们却是从小一起滚泥巴长大的好兄弟,就连结婚也都是同一年。说起结婚我记得爸爸曾经跟我讲过一些他们的故事,因为年龄的原因,小绿爸爸家里催得比较紧,并且双方都已经相过亲,双方父母也都同意了就等着办喜事。

小绿他爸在私底下跟我爸已经偷偷约定好要在同一年结婚,这也算得上是兄弟之约。我爸也知道他家催得很紧,没办法就只能托父母给他安排对象,就这样爸爸跟我妈就认识了,四个月后仓促结婚,后来我爸也感慨地跟我和弟弟说:"要不是小绿他爸恐怕还没你跟你弟这两个小兔崽子。"

因为有这样的一段插曲,我也非常理解爸爸的心情。

我问:"那小绿他爸呢,还好吗?"

"这几天我都没看到,也不知道躲哪儿去了,马上要过年了换谁遇上这种事都不好受,也许让他哭几天可能会好受点儿吧!"

"也是,男人流泪也不会当着你的面。"

"为什么事情到了这种局面?就不可挽回了?"

爸爸欲言又止:"这事……哎……家家都有本难念的经。"

我疑惑不已:"我看他爸跟他妈感情一直不都挺好的吗?"

"挺好的?"妈妈冷笑,"小孩子你不懂。"

爸爸附和道:"他们家如果不是因为两个小油瓶子拖着,早就离婚了。"

我一惊:"你是说小绿姐弟?"

爸爸点头:"是呀,其实早在前年的时候他们的感情就出了点儿问题,只不过小绿他爸一直都没有撕破脸,也许他还是舍不得,对小绿她妈还抱有幻想。毕竟一起二十多年,将近三十年了，就算素不相识的两个人在一起住个二三十年也都会有感情的，更何况还是一对夫妻呢。"

"既然有感情，那为什么要分呢？"我继续不解地追问。

"小绿她妈外面有人了，而且一起有两三年了，要不是因为有两个孩子我想她妈应该早就提出离婚了。这次离婚是小绿的爸提出来的，因为他知道继续再维系这段感情只会让两个人累赘更多、负担更多。"爸爸说完不禁轻叹了一声。

既然是一份已经无法挽回的感情，再坚持只会让彼此之间的恨更多些，放手也许是最好的结果。

我忽然想起小时候，小绿每次看到妈妈和村里男人说话时总会举着菜刀晃，小小年纪的她，早就知道妈妈的行为会带来怎样的后果。

"那小绿和他弟怎么办？"

"弟弟他爸这边不放，如果是这样那应该小绿就要跟她妈，现在也还没有具体定下来，两个家庭还在纠缠。受伤最深的可能还是小绿和她弟，你去看看小绿吧，她都回来了好几天了我也没见到她。这孩子平时挺活泼好动的，嘴巴也很甜，看来这次对她的打击不小。"妈妈知道我跟小绿的关系好，所以她催促我去平复下小绿的情绪。

我没有立刻行动，而是思索着该怎么跟她提起这件事，又让她不那么难过。

3

第二天,我吸了一口气,然后往小绿家里走。

冬天的小河显得格外地凄凉,听着河水哗哗的流淌声,心头不禁一阵寒意流过。河岸上的柳树也都死寂般地垂下枝条,偶尔飞来的几只山雀在上面为了抢食而发生打斗,最后各自飞走。看到这一幕我心头突然兀的一下,脑海里突然闪过"夫妻本是同林鸟,大难临头各自飞"这句话。

到了小绿家,我轻车熟路地跑到小绿的房间,看到躺在床上的小绿,我顺势坐在她跟前。此刻的她看上去好像消瘦了不少,眼角还有未干的泪水,她窝在床上睡得很不安稳,手指时不时地颤抖,似乎在做什么噩梦。

我从口袋中抽出纸巾缓缓地帮她擦拭掉挂在眼角的泪,也不知道是不是我的动作有点儿大惊醒了她,她看到我也顾不上寒暄,直接就抱着我一顿哭。

平时一向粗心大意的我面对这突如其来的一幕傻住了,两只手也只是机械性地将她揽在怀里。听到她的哭声渐渐地变弱,我也没敢直接触及她的伤口,随便找了个话题。

"小绿,什么时候回来的,怎么都没跟我联系呀,不然我也提前回来找你了。"

"小语,我……我今年的期末考也没考就回来了。"小绿哽咽道。

　　"那这学期的课程落下了明年再补。"我顿了顿安慰她。

　　平时这么一个坚强的女孩子我还是第一次见她在我面前软弱，而且软弱得那么毫无保留。

　　"爸爸不要我跟弟弟，他要让我们跟妈妈走。"小绿说这话的时候我能感受到她插在我腰间的双手更加地使劲。在她的眼里是妈妈一手毁掉了整个家庭，是她妈妈对不起爸爸，所以她对妈妈的恨就像魔咒一样缠绕在她的心间。她又怎么会心甘情愿地同这样一个对她下了魔咒的巫女生活在一起呢？

　　可能是因为我们的声音有点儿大，小绿的爸爸从门口走了进来。本来就很消瘦的脸颊多了几分忧愁，白头发也要比上次回来的时候要多了些许。

　　"既然事情发展到现在的地步，你又何必计较这些呢！"说完小绿的爸爸长叹了一口气。

　　在他的眼神里虽然透露着一丝不甘，但是他的心里却早已放弃了那无谓的挣扎。或许他比我们更明白这样的挣扎只会让对方的恨更深一些。二十多年的感情换谁也都难割舍，看到这样一个支离破碎的家庭让我产生了一丝隐隐的忧患。

　　"你就是一个窝囊的男人，你的女人跟别的男人跑了！"小绿拿起枕头对着他甩了过去，枕头重重地砸在他的脸上，然后掉在地上。

　　看着枕头在地上翻转几圈，我尴尬地坐在原位，一时间不知道是该走还是该说一些解围的话。

　　"好，我跟她走！"小绿大声嚷着，"你这样的男人只能得到这样的结局！"

　　之后，小绿跟着妈妈走了，很多年都没回过老家。

　　那天我回家后，焦急地问爸妈感情的事情，我忽然害怕他们会分开。

　　"爸妈你们的感情没问题吧？"

　　"啊，没呀！"显然爸妈被我这句不着边际的发问弄得是哭笑不得。

　　"你爸跟我在一起都二十好几年了，又怎么会说分就分呢。"说完妈妈还不忘满脸幸福地看着爸爸。

　　"对呀，虽然你妈经常凶我，但是在外面她都能给足爸爸面子，从来都没有对爸爸大吼过，爸爸没用可妈妈却从来没有嫌弃过。"

　　"你爸虽然每次都惹我生气，可是他却从来都没有表现过大男子主义的样子，小到擦桌子洗碗他都很乐意帮妈妈做。生活并不是要多少的荣华富贵，能有一个爱你的人再加上一个听话的孩子就是幸福。"

　　在灯光下我似乎看到了他们两个人相濡以沫的未来，没有轰轰烈烈的爱情，只有平淡的相守。

　　在现代人眼里，两个人走在一起并不是为了简单的搭伙

167

过日子,更不是为了传宗接代! 而我们的父辈多数是因为搭
伙过日子走到了一起,但最后有分道扬镳的,也有惺惺相惜
的,有因为孩子还游走在离婚边缘的,也有离婚之后追悔莫
及的。

而唯一能感动我们的,永远是珍惜眼前人。

4

2014年夏天,小绿爸爸病重,这一躺就是一个月。

弥留之际,他的嘴里一直念着小绿和她弟弟的名字。我爸
爸知道后,试图联系姐弟俩,可最终也没联系上。最终,他将皱
巴巴的存折交给我爸:"密码是他们的生日组合,把这……"可
是,话还没说完,他就闭上了眼睛。

令我们心痛和遗憾的是,小绿爸爸到死,也没见上他们
姐弟一眼。他留下的存折,上面有七万块钱,里面用铅笔轻轻
写了一行字:爸爸没用,挣不到钱。

辗转多次,我爸还是联系上了姐弟俩。

原来他们父母离婚后,小绿并没有跟着妈妈生活,她自
己在外勤工俭学赚取学费和生活费,毕业后跟朋友合资创办
了一个公司,目前事业处于上升期,至于她弟弟则跟着远嫁
的妈妈去东北生活。

爸爸联系上小绿的过程并不顺畅,因为她拒绝知道有关她爸爸的一切。知道这件事情后,我自告奋勇地拿着存折去找小绿。

跟小绿见面是在她公司楼下的咖啡厅,她穿着一身职业装,画了精致的淡妆,看上去非常的强势。小绿从小就成熟稳重,而随着在社会上的历练,她变得更加耀眼。

小绿低头喝咖啡:"我希望今天我们只是朋友间的聊天,其他的,你看着办。"

这么强势的话,听得我有些尴尬。

我拿出存折推到她面前:"一个你认为是废物的男人留给你们姐弟的东西。"

她看也不看:"我现在不缺钱。"

"七万块,对现在的你来说,确实不算什么。"我说,"你从小就比我成熟,我以为在这件事上你也一样,可你令我失望。"

小绿抬眼,她一字一顿道:"小语,我说过这个世界谁也靠不住,人只能靠自己,只有自己不会背叛自己。妈妈背叛了我们,爸爸也懦弱无能,在这件事上,他只知道退缩而不是争取!弱者只会被强食,所以从那刻我就发誓,我不要做弱者,我不要被强者欺负!只有自己变得足够优秀和强大你才有话语权!"

"那你可知道你爸爸的懦弱也是因为太爱你们姐弟。"我提高音量,"因为他很清楚自己的能力有多大,你们只有跟着妈妈才能得到更好的教育。他存了一辈子才存七万块,得重病也舍不得拿出来给自己治疗,临死还把这笔钱交给我爸,让他转交给你们。"

小绿偏过头,她努力稳定着自己的情绪。

"我知道他忍辱负重不离婚是为了我们,我也知道他放弃我们是为了我们的未来!"小绿说,"可他只是从他的角度'以为'这样做是为我们好,可他从来都没问过我们的想法。我们,只是想跟着他呀!"

说到这里,小绿趴在桌子上号啕大哭:"他为什么不再坚持,为什么不照顾好自己的身体!我只是想努力一点儿再努力一点儿,只要变得优秀,只要有了钱!一切都会好起来!"

这一哭,就是几个小时。

小绿最后还是没有留下这笔钱,她把它捐给了公益机构,然后给远方的弟弟汇了一笔钱。

那一天,小绿对我说:"小语,很多事情我都清楚,可我过不了自己这关。"

我说:"好好照顾自己。"

她回:"我对不起他。"

然后,就没有了任何言语。

这个世界父母对子女的爱总是毫无保留,可以隐忍、可以背负、可以呵护、可以关爱,他们倾尽一切给予儿女最深最重的爱，可他们不知道有时候太沉的爱，也会造成一种煎熬。

儿女需要的爱，不过是留在他们身边。

累的时候可以找他们撒娇，想哭的时候有他们的温暖。

在风尘仆仆回家的时候，推开门，笑一笑："爸爸妈妈，我回来了。"

而小绿和她弟弟，再也感受不到那样的暖意。

往后的人生里——

此去多年，人走楼空。

第四章

世事黯淡，
愿你眉媚如初

剩女不圣

1

都说随着新时代的来临，社会将会面临一个尴尬的境地：男多女少。

网上每年都会出现一个"危机"话题，例如到了20xx年，中国男性比女性多2000万，这也就意味着会有2000万的男性要打光棍。面对这一情况，多数男青年表示没车没房就没老婆，女青年则在婚恋场上仰着头。

学姐看到这些信息后撇嘴说："切，现在婚恋市场，明显女多男少，剩女数量明显高于男性。"

我搭话："那是女人太挑了，所以被剩了下来。"

然后我发了一条微博给她看，上面说着某省农村，男多女少，有些父母为了孩子能讨到老婆，在自家儿子只有15岁时就四处托人相亲。早在多年前，村里女性在生孩子前做B超，一旦查出是女孩，就会选择堕胎，造成了如今的局面。

她看到后立刻转发，还模仿神曲编了个顺口溜：当初是你要堕胎，堕胎就堕胎，现在又要女人爱，女人哪里来，你家儿媳土里埋，已有二十载，贞子花子伽椰子，今晚招婿来。

结果几天一过，这条顺口溜立刻变成最右的转发量。

而学姐端着咖啡，手指在手机屏幕上来回滑动，似魔鬼的步伐。她满意地看着即将破万的"膜拜最右"转发量冷不丁地来一句："愚蠢的人类呐！"然后她对我说，"小语，你有男友吗？"

我摇头，她嘿嘿地笑着："我也没。"我意识到学姐想说什么，于是追加道："没事，我们又不大，再说了，现在不是男多女少么，难道我们还愁嫁不掉？"

学姐挑眉，表情无奈："其实一个月前我跟一个上海的男人相亲，对他印象不错。过两天我就去上海，如果印象继续不错的话，我可能会留在那边工作。"

"家人介绍？"

"网上相亲。"

我羡慕嫉妒恨地说:"学姐,加油!"

学姐大我三届,学文秘专业,当年在学校是出名的校花,追求者络绎不绝,但是由于学习原因,她一直没有找男朋友,毕业后,在合肥一家著名的企业应聘上了文秘工作,因为出色的业绩,短短几年,她就荣升总裁办文秘。

而如今29岁的她,已经到了谈婚论嫁的年龄了。

2

隔天,学姐就打包行李兴冲冲地去了上海。

结果又隔了两天,我皮包里的手机响了起来,按下接通键,手机彼端传来学姐带着哭腔的声调控诉着:"小语,我这次的相亲又搞砸了!"

"怎么回事?"

那边哽咽着不说话,我急了。

有什么事情,让开朗的学姐难过得说不出话了?

"喂,学姐?你还在吗?"我试探性地问。

"当然在。"哭声持续着。

"有话好好说啊!"

"知道,我就是难受!"哭声更大。

"到底怎么啦?说出来,看我能不能帮忙?"我好心地劝慰。

"说了也是白搭。"

我无言以对。

既然说了也是白搭,那你打电话给我哭个什么劲儿?

心里小小地不爽,嘴上还是安慰:"不开心的事情就不要想了,旧的不去新的不来!"

"我就想不通了! "学姐突然忿忿不平。

我提起了十二分的精神,凝神静听。

但凡是女人,多数都喜欢听八卦的,听她的口气,似乎有大的爆料。

果不其然,爆米花炸出来了。

"昨天他知道了我是文秘专业,还是总裁办的秘书,他他他他……他居然说——我是总裁的小蜜。居然敢歧视我,出言不逊!我当然心里不舒服,就和他吵了起来。吵着吵着,他骂我,然后出口伤人! "

无语。

除了无语,我真的不知道该怎么说话了。

"秘书!秘书……秘书怎么了?秘书招谁惹谁了?我承认,某些秘书是和上司存在那么一点儿暧昧关系,但是所有的秘书都这样吗? "学姐越说越气,语气越来越激动。

"就是就是,太欺负人了,太以偏概全了! "我愤怒地附和。

学姐在信誓旦旦地说着要找金龟婿的话中挂掉电话。

太阳依旧烤人，合肥的夏天永远变态地热。

我苦笑着看着手机屏幕显示"通话已结束"，默默地为学姐哀悼这段稍纵即逝的感情。

随后，我一头扎进了茫茫人海，随着人流和车流木然地游走在合肥这座不算繁华但很实在的城市。

3

几个月后，我还在家里睡懒觉，这时手机响了起来，翻盖接听，那边传来学姐张铭铭幸福的声音："是小语么？"

哎，都拨我的手机号码了，不是我还能是谁？

"嗯。"我闷闷地应声。

还没等我问她找我什么事，学姐激动地叫："小语，我找到男朋友了！"

我顿时精神抖擞！

哟，哟！终于有一个不媚俗的男人看上咱们的学姐了，难得啊！我真想一睹学姐男友的姿色！哦，错了，是帅气，帅气！

"谁啊？"我赶紧问。

"男人啊！"学姐的声音有些许颤抖。

"……"都说是男朋友了，不是男人，难道还是女人？我暗自无言。

是不是恋爱中的女人，或多或少都有些脑残？

"嗯，男人，了解！请问他叫什么名字？"

"陈莞。"

"啊？是城管？学姐你别想不开啊！"听到"城管"二个字，我本能地惊呼。"虽然你今年年纪一大把……"说到这儿，我意识到自己失言，但是那边也没什么反应，我继续说道，"虽然你不小了，但是也不必这么急着找男朋友啊，时间多得是，这个世界什么都缺，就是不缺男人，没听说现在的男女比例严重失调吗？"

"小语啊……"学姐的语调透着浓郁的沧桑，"你不懂啊，像你这个年纪，还可以挑一挑、选一选，我这个年纪真的就要着急了，再晚一点儿就要低价抛售了！说不定到时候跳楼价也无人问津了，所以啊……能嫁就嫁！只要对方能说得过去就成！"

跳跳跳……跳楼价！

当是旧货大甩卖呢？

好吧，就算是低价清仓处理，卖家不到最后时刻，绝对不会亏本脱手的，再说了，学姐的学历和人品以及姿色，找一个和她门当户对的男朋友应该不是难事啊？有那么迫不及待吗？我纳闷了，非常地纳闷。

"这人怎么能和货物比呢？学姐你要不再考虑考虑？终身

大事不能这么马虎啊！"我努力地想用自己的思想来扭转学姐的想法，"我个人觉得，低就还不如不就，将就出来的爱情和婚姻，能维持多久啊？"

"爱情是培养出来的，没有爱，在一起的时间长了，都会培养出感情！再轰轰烈烈的爱情，在时间的冲洗下，都会变成亲情！"学姐发表自己的观点，"还有小语，你太感性了，把事情想得特简单、特单纯，很多时候，人都需要向生活妥协的！"

听学姐的口气，似乎已经做好决定了。

既然她都愿意了，我还能说什么呢？城管就城管吧！

"对了，你怎么听到陈莞就特别地……听你的话貌似很反感他啊，你们认识？不过他是合肥市人，家里有车有房，我们视频过了，长得还不错！"

"不认识啊，你不是说城管么！现在的城管多不受欢迎啊！"

"小语……你……你是不是听错了？你说的城管是职业？"

"是啊。"我纳闷地应声。

"呃，我的男朋友名字叫陈莞，陈列的陈，东莞的莞！"

"……"我无言。

说了老半天，原来都是一场误会！

4

见到陈莞是在学姐回合肥的第三天。

陈莞做东，邀请我跟学姐吃饭，对方长得普通，偏胖，坐在学姐旁边分明就是野兽配美女，真是一朵鲜花插在牛粪上，看得我都心疼。

只不过，令我这个旁观者稍微欣慰的是，陈莞对学姐温柔体贴，那满眼的柔情，似乎都能滴出水来，把学姐捧在手心里。

学姐中途进洗手间，他就问我学姐喜欢什么，平时有哪些爱好，对于她一切的事情都不放过，看样子是很用心。

事实也证明，学姐跟他结婚后，他对学姐的爱到了浓烈的地步，都说婚姻是爱情的坟墓，可学姐的婚姻简直就是蜜糖罐子。

几年后，那些先前嫁得好的女生沦落到家庭不和谐，甚至是离婚的地步，只有学姐的婚姻非常地稳固。

某一天，我找学姐取经："为什么你选一个其貌不扬的男人？那时候，他根本配不上你。难道真的是因为太急了，怕自己成为名副其实的剩女吗？"以现在的角度来看，陈莞也依旧配不上如此优秀的学姐。

学姐说："之前我跟其他女生一样高不成低不就，我梦想中的男人长得帅还多金，后来发现这些男人也有自己的要求，他们接近你只是选择你，并不会给你想要的婚姻。时间久了，我觉得不如找一个对你好的男人，至少你不用患得患失。"

"这样好吗？"

"难道找一个鄙视你工作的男人，婚后对你颐指气使的男人？就算他有钱长得帅又怎样，他不认可你，什么都是虚的。"学姐说，"小语，剩女不可怕，可怕的是找不到自己的位置，追求太高，让自己陷入困顿，最后不得不低就更差层次的。"

"现在不是流行爱情不能将就，婚姻更加不能？"

"什么是将就呢？"学姐用过来人的语气说，"自己不喜欢的人是将就？自己看不上的人是将就？又帅又有钱又深情的人不是将就，但你确定这不是小说里的霸道总裁？灰姑娘都会遇到王子吗？就算遇到了王子，确定他不会娶其他王妃？不将就的前提是，摆好位置认清自己的条件，要务实地选择适合自己的对象。"

纵观目前的婚恋观，女方对男方有诸多的要求，如经济能力、工作、家境、长相、身高、学历等等。可是你在挑选别人的同时，别人也会挑你，你能一眼看上的对象，说明他们的市场价值比你高，就未必对你有感觉。

这也是为什么很多人在相亲的时候，她能看上对方的，男方却没下一步动作。她没看上的对象,男方却穷追不舍。如果女方一味地等自己的"真命天子",最后只会把自己剩下来,然后在择偶时不得不面对更尴尬的境地。

剩女不圣,在于你能不能掌握时机,选择别人的同时,也需要看看自身的条件。

只有做到积极向上,提升自己的价值,你才能匹配到更高的人。反之,你就需要降低一些标准,找一个信任你、支持你、欣赏你的另一半过安稳的人生。

一个人怕孤独，两个人怕辜负

我们总是怀念以前的物事，就像一盘炒饭，小时候吃得有滋有味，等再尝的时候，你会觉得吃不出当初的感觉。

其实饭的味道从来都没变过，只是你的味觉会改变。

一直在改变的是自己，只是你不想承认而已。

1

这又是关于失恋的故事。

这个失恋的男人我常喊他"秋哥"。

秋哥是我在大学时代认识的，那时我大一，逢双休会在外兼职。某个周六，我在体育场里面发传单，晚上下班后我结算了几天的工资离场时看到坐在外面落魄的秋哥，他背着一个包，面前写着粉笔字：被女友背叛财产被卷走，求好心人给几百块钱的路费。

我上前问了几句，得知他自主创业有点儿小钱，本来打算结婚，女友没安全感，觉得他以后事业有成会背叛她，为了让心爱的人安心，他买了房子，房产证写的是女友的名字，自己的银行卡和密码都交给她，结果她拿着这些钱和一个穷小子好上了，两人拿着他的钱过着幸福而美满的生活。他呢？他变得一无所有，想争口气要回自己的钱，却又舍不得伤害对方。

没有了资金，他的小公司也倒闭了。现在他唯一的筹码就是他还有一个客户，想过去投奔东山再起，可是没路费。

找朋友和亲人借，大家肯定会起疑心，因为他再资金紧张也不会拿不出路费的钱。如果让他们知道，事情会越闹越大。

听完，我毫不犹豫地把自己的工资送给他，他拿了钱，我们互留了号码后，他说会还钱给我，然后就走了。

某年的某一天，他说：你还真是单纯，就不怕当时我是骗子吗？

我说：那是你幸运遇到那时候的我，如果是现在，我肯定断定你是骗子，你拿了我的钱肯定会继续蹲在那里等着另一个上当的人。

然后，我问：当初你为什么不去争？最起码把自己应有的财产给拿回来，不让她和男小三有好日子过，想过小康生活，让他们自己去拼死拼活。

他回答：那时候我想，我做得这么大方，以后她的男人对

183

她不好的时候,她就会想念我,也许会重新回到我的身边,因为没有哪个男人比我对她更好了。又或者,她每次想到这些,心里开始内疚和自责,这样我就能在她心里有一席之地,才能有位置。

我被这个奇葩的理由弄得有点儿抓狂:"你需要治疗!"

2

每次跟秋哥吃饭的时候,他都会带一个陌生的美女见我,我眨眨眼,甜甜地叫着嫂子,可是他的每一任女朋友都不会超过一个月。

他说:"我感觉我要孤独终老了,我总是遇不到合适的人。"

对于失恋的朋友,我喜欢用"只是新欢不够好,或者时间不够长"来劝慰,可有时候,对于执意放不下的朋友,我一时间找不到好的语句来劝说,甚至也找不到合适的鸡汤给他喝。

有一次,他出差来合肥,像往常一样叫我出来吃饭,这一次坐在他身边的是一个安静不爱说话的女生,身高不算高,瘦瘦的,尖下巴,眼睛特别大,看着就让人怜爱。

吃饭的时候,她低着头吃饭,秋哥时不时地给她夹菜,偶尔她会抬头看着他笑,那温柔的眼神,那么地让人喜欢。我不知道秋哥怎么想,作为女人,我喜欢这种安静。

那时,我在想,这应该就是秋哥的真命女神了。

可是不到一段时间,他又跟这个女生分了。问原因他说他自己想好好珍惜对方,可女方总觉得他付出的时候小心翼翼的,而且每次约会的时候,他总是有借口爽约。她断定他还没忘掉过去,所以果断地离开了他。

我问:"是这样吗?"

他沮丧了一会儿说:"也许吧。经历得多了,就变得患得患失。想找个人好好地爱,却又怕被辜负。"

我说:"你不能因为前女友的背叛而怀疑女人的感情,好好调整心态,勇敢去爱吧。"

秋哥沉默了一会儿说:"我试试吧。"

可试试的结果是,他依旧走不出自己的牢笼。

后来,他自暴自弃地跟我说:"我总是找不到当初的感觉,恋爱的时候感觉不对。我觉得我这辈子都要孤独终老了,我没办法走过那道坎,你也不用劝我了,让我自生自灭。"

他拒绝一切外在的善意劝解,那我也无计可施。

3

其实,感情的事情没有那么复杂,你无非就是想找一个合适的人,然后平平淡淡、简简单单地过一生,又怕对方面对灯红酒绿的社会把持不住背叛自己。

想拥有一份最纯洁无暇的感情,却在现实中一次一次地妥协。

直到最后,变得敏感而纠结。

面对感情的时候,想往前走一步,最后却不停地退步。

你明明喜欢人家,却不敢接受。

明明一句话的事情,两个人就可以走到一起,却不愿意放下姿态和骄傲。

直到最后,你才发现,自己根本就不知道怎么去爱一个人,怎么做才不会失去。然后,就这样一直单身下去,好像谁都不适合你;好像谁都可以将就一下,却谁也无法走进你的心里。其实你很想认真恋爱一次,可是追求者出现时,又懒于理会甚至懒得出去约会。

而最终你会变成这样:一个人怕孤独,两个人怕辜负。

自此以后,你再也实现不了你最初时的愿望——找你爱的和爱你的人白头偕老!

一直在改变的是自己,只是你不想承认而已。

在最后，我送一些箴言给那些被背叛过或被辜负过的朋友们。

既然分手了，就不要想着让对方内疚和自责，如果他们有这种心理，那么也绝对是你用践踏自尊和尊严的方式换来的。这太不值得了，明明就是对方对不起你，何必还要让自己颜面扫地。你要做的就是坚强，就算心里难过到吐血也要面带微笑。

如果无法变得优秀，也无法拥有光环，那么就找一个简简单单的另一半，过最普普通通的生活，活得幸福而淡然。

柔弱的姿态，只会得到别人的同情和怜悯，甚至还会成为别人茶余饭后的笑料。

因为生活，从来都不相信眼泪。

以爱之名

路过熟悉的街道，我见到一对再婚夫妻吵架，丈夫用菜刀砍烂了年轻貌美的妻子的脚，血淋淋的皮肉外翻，看得我这种见惯了重口味的人也有些反胃。妻子大哭烧东西，旁边是警车。几个警察在努力调解这对夫妻的家庭矛盾，男人的母亲假意劝慰儿媳妇，后来又抱走孙子给男人的前妻打电话，请求前妻暂时帮忙带孩子几天。

路人纷纷围观，我也凑了一会儿热闹。

从他们口中得知信息，女人曾是小三，25岁，比男人小10岁，成功赶走原配，还是托婆婆的福，婆婆认为这是儿子有魅力的体现，后来竭力撮合成功，让儿子离婚寻得"真爱"小三，结果没想到小三上门后更嚣张跋扈。

一开始婆婆很嫌弃前妻，每次前妻来看孙子都给脸色，甚至不让看孩子。

再后来，小三不好惹，小三气势凌人，将婆婆的自尊和尊严踩在脚下，婆婆开始劝儿子和小三离婚，和前妻复婚。

结果前妻已经寻得幸福，再婚的男人温柔体贴，将前妻呵护如宝,前妻自然是不肯复婚,婆婆甚至下跪恳求,前妻也无动于衷。

这个故事,让我想到了某个亲人,基本是如出一辙的故事,故事里也有视儿子找小三是魅力体现的婆婆,婆婆也支持离婚,公公更是觉得自家儿子了不起,是男人的模范代表。

最终,我家这个亲戚被迫离婚!

离婚后,她在看望孩子的时候被拒之门外,还遭到男方父母恶意的语言攻击,妈妈心疼她,趁着孩子放学时接到家里,这位婆婆和公公联合打到我家门口闹成两条疯狗,最后胜利地带走自己的孙子。

然后呢?然后?结局很戏剧化。

这些人最后无一例外地和儿子一起祈求亲人复婚回心转意。问原因?小三后来生了个女儿,和婆婆发生冲突,和负心汉发生冲突,负心汉对小三也不见得怎么温柔体贴,曾经揍向前妻的拳头毫不留情地打在她的脸上、身上。半夜揪着她的头发从家里拖到外面,听到哭声和喊声的邻居们以为是前妻趁着晚上偷看孩子被打,于是纷纷出来,结果见到被打的是小三,个个转头,谁也不肯帮小三一把。

长期的家暴和贱男人的无所作为以及恶劣的人品,小三坚持不住,带着女儿回到老家和他一刀两断。贱男人负心和恶劣的人品已经世人皆知,在当地再没有任何女人看上他。因此,他和他的家人将所有的希望都投在了亲人的身上。

看，曾经那么高高在上，将别人的自尊踩在脚下践踏，以爱之名肆无忌惮地伤害亲人的那些人，现在一个个都跟狗一样摇尾求合。

经不住诱惑的男人

＋

想挽回男人最终还是下位的前妻

＋

年轻为"爱"而战的小三

＋

男方极品双亲

＝

引火自焚。

以上公式成为一个经典的婚外情模式。

瞧，很多撕破脸的家庭悲剧就是这么来的。

女人冲动起来就是一个没脑子不会思考的疯子，不管男人是不是有妻子还是女朋友。

她们认为自己没有在合适和正确的时间遇到这个男人，所以才造成了爱情的错过，她们抓住不放，她们要寻得自己的"真爱"。

结果呢？

不少男人是不愿意和老婆离婚的,这类男人抱着玩玩的态度,从没认真过,女人最终践踏了自己的自尊还耗费了青春。而这类男人呢?获得妻子的原谅后回归家庭,还得到了"好男人"的称号,舆论和世俗会给这个出轨过的贱男人正名甚至是赞赏。"看,他很有责任心,在外面再怎么乱来,老婆还是老婆","浪子回头了","只要不离婚就是好的,聪明,野花哪有家里的好,回来就行"!

可是女人呢?永远戴着"小三"的"荣耀光环"翻不了身,被唾弃、被鄙视、被辱骂……

不否认有些小三不是冲着男人的钱,是冲着感情来的,故事里拆散亲人的小三曾给负心汉写过信,我也目睹过,娟秀的字,细腻的情感表达,重复着"你是我的初恋"的字样,从字里行间可以看出来小三是个重感情的人。

可是这个愚蠢的女人真是被爱情冲昏了头脑,一个男人可以当着你的面揍自己的妻子,将自己妻子的自尊践踏,他怎么可能会对你好?

今天他的拳头打在前妻的脸上,明天绝对会抢在你的脸上。今天他为了你负自己的妻子,明天也会为其他的女人负你。

而一个明事理的婆婆,对于儿子的行为,有点儿道德观的都会加以斥责,而不会觉得这是一种荣耀。如此人品的婆婆怎能教育出优秀的儿子?再者,如此道德低下、三观不正的家庭,你怎么能融入?最终只能自食其果。

不管是我围观的小三,还是亲人故事里出现的小三,无一例外都是年轻冲动,认对方是自己的"初恋"而死死纠缠,最后都是成功上位。上位后正宫娘娘的位置是保住了,可很快就被打入了冷宫。

就算是吵架了、绝望了到最终的离开,还是有些不甘心。

仿佛这些教训并没有给她们的行为和选择照亮一盏明灯。

工作第一年,有个追我的男生一直自残,并问为什么我一点儿都不予理会,同事也觉得我很残忍绝情,如此痴情的男生居然果断拒绝,认为如果我能接受他,以后会很幸福。甚至有好几个女性同事表示,如果她们是当事人会觉得很感动,一定会点头交往。

而事实上,后来这个男生交女友,对几任女友都非常恶劣,而且极其地不负责任,对方怀孕不管不顾,甩了再重新找,别人问为什么,回答是自己受过伤,不相信女人。瞧,我也没伤害过他,只是拒绝了而已,以受伤之名去伤害其他的女生,自己人品不堪非要说成他人的原因。

今天他自残希望你接受他,明天他的刀子就会划在你的身上,但凡有点儿理智的姑娘都应该严词拒绝这种示爱的方式。所谓的爱你、对你好、为你可以舍弃自己的性命都不过是表面的,撕开面具下面都是凶残的脸,让你生不如死!

再退一步说，连自己都不爱惜的人，他怎么懂得爱惜别人？

写到最后，我的脑海里想起亲戚绝望的脸以及她眼眶里的泪水。

我还清楚地记得那一年，她睡在我的床上，在我的身边，于睡梦中，一遍又一遍地哭喊：不要离开我。为什么要背叛？以后我们的孩子怎么办？

那时候我起身，打开灯，看着亲人布满泪水的脸，捏着拳头诅咒这个伤害亲人的贱男人得不到幸福，这个不知羞耻的小三去死。我甚至有种拿把水果刀捅死这对狗男女的冲动！

后来，我对亲戚说：不要哭，不要难过，不值得！这种人不会有好结果的，他今天这样对你，明天也会那样对小三。

亲人说：可是他为了小三打我，他对她好。

那时候我还小，后面就再也不知道用什么话来安慰。

多年后，我听说，负心汉跪在亲人面前说：我们复婚吧，为了孩子！

负心汉的妈说：你想什么时候来看孩子尽管来，为了孩子，请你和他复婚吧。可她似乎忘了，当年亲人只是想和孩子打个电话，妈妈将孩子接到家里，她和自己的丈夫一起冲到我家又砸又打的情景，似乎一切的伤害都可以因为他儿子如今"想回心转意的虔诚"而归零。

伤害发生就不可磨灭。

　　某一天我跟亲戚说：我承认，我有时候很小心眼，对于这类人，我向来都是诅咒，学不会原谅。你永远不会懂，自己最亲的人受到伤害时，你那种想安慰却不知道从何安慰起的心情。看到负心汉狼狈地回来，我有种深深地喜悦，因为他不幸福，我就开心了。

　　我是爱情现世报的忠实粉丝。

　　我从来都相信，以爱之名行凶，最终只会自食其果。

愿能清醒从容地爱着你

1

我有一个闺蜜叫阳美,她的性格和她的名字一样,阳光、活泼,当然她的长相也跟她的名字一样,美丽如阳,让人由衷地喜欢。

我还有一个闺蜜叫佳佳,她的性格跟阳美不太一样,属于表面高冷,但有点儿纠结、犹豫、没主见,好在她的长相是那种风情万种的类型,男人见了都恨不得立刻跪下来。

俗话说:"一白遮百丑",佳佳常自嘲:"我是一漂遮三傻",意思是长得漂亮,智商低点儿都被掩盖了,任性的话让我们无比折服。

阳美有个高富帅男友,大学时候两人就在一起,毕业后高富帅出国,两人长久的异国恋后最终分道扬镳。

佳佳的男友出身于一个小资家庭,不过跟佳佳比起来,男友的家境没有优势,加上她又漂亮,自然就占主导。时间久了,男友便心生怨言,两人也不欢而散。

对于分手这件事,阳美和佳佳是两个态度。

阳美选择用旅游的方式来恢复,收拾好悲伤的心情后,她继续上班吃饭,似乎没发生什么不开心的事情,偶尔遇到不错的男生邀请,也会矜持地应对。

佳佳呢?

她每天在朋友面前埋怨前男友不懂得珍惜,追她的人那么多,她选择前男友也是看他对她好,没想到男人总是追前热情追到手后就变冷淡。甚至还说一些前男友的缺点,并放言前男友除了她再也找不到更好的姑娘了。

一年后,阳美和佳佳相继恋爱。

阳美的男友是一个温柔而善解人意的男生,家境一般,学历优秀,对阳美呵护备至,当然她也不会仗着自己的条件比他优秀而对他颐指气使。

佳佳的男友是一个标准的高富帅,学历好、收入高、长得帅,站在那里就知道是一个大众情人。

几年后,阳美跟男友完成了见父母、订婚、结婚、度蜜月的过程,可佳佳跟高富帅几经分手和复合,情路坎坷。后来,她跟高富帅的感情无法维持走到了尽头,可能是爱得太深,随后的时间她几乎是借酒消愁愁更愁的状态,逢人就说男人没一个好东西,骂着骂着就哭。

对于两个人的反差,我问阳美:"为什么你能很快地走出一段恋情,然后开始下一段爱情?你不觉得这是对爱情不够尊重的表现？"

她是这么回答我的：

我把每个现任当作初恋来爱，却又把每个前任当作看一眼就忘的路人来处理掉，因为抛弃曾经是对现在的尊重。

过去再美好也是过去，昨天的太阳晒不干今天的衣服。

比起缅怀前任想念前任，我更愿意把时间用在对现任好一点儿，了解他更多一点儿。因为没有什么比此刻的温暖更重要。

后来，我用阳美的这些话来安慰佳佳快点儿走出阴影，她却说："爱情没有对错，曾刻骨铭心的那个人就算是个渣，我也会缅怀。"接下来，她又说了自己的爱情经历，从她的经历里，我得出了问题的所在。

她在第一次恋爱的时候，觉得自己是低就了，所以对男方呼之则来挥之则去，久而久之两人矛盾凸显而分手。但佳佳不认为问题出在自己身上，只觉得男方不懂得珍惜。之后，她在跟高富帅的交往中依旧沿用第一次交往的模式，还附带了第一任留下的阴影：觉得男人会厌烦自己最后变心，于是变得敏感而尖锐。

只是，她跟高富帅发展到这个地步，一面埋怨男人薄情不负责任，一面又在受到伤害后受虐般地让自己挣扎在感情的悬崖上不肯松手。

她说："这段感情我是付出了真心的，让我忘记，我不甘心。"

2

诚然，一段你真心付出的感情泯灭，但凡是人都会消沉一段时间，一个月，两个月，一年，或者两年，甚至是更久。

但随着时间的推移，你的伤口恢复的时间也越来越长。

为什么要活在过去里呢？

曾有过的美好，靠着回忆能让你现在幸福吗？

你应该把每个现任当作初恋来爱。

许久后，你还是能在一些人的提醒下想起一些美好的片段。A在你生冻疮的时候，拉起你惨不忍睹的手塞进自己的怀里说：我能想到的最暖和的地方就是这里。B在你加班到凌晨两点时出现在偏僻的角落，却装作半夜出来买宵夜恰巧遇见你，然后本着大家都是同事的理由主动提出送你回家，每天早晨桌子上都放着他带来的早餐从不间断，也会在你旅行的时候偷偷地在办公桌上塞满好吃的。C跟你说：如果你想穿高跟鞋那就穿吧，走不了的话，我会一直在你身边扶着你，直到你能习惯穿上它们走路为止。

可是再多一点儿的，你却怎么也想不起。而这些片段就算想起，也与他们无关，感动还在，可是感情已然不存在。

心里装着阳光，才能温暖他人。如果冬天没有人给你温暖，那就成为自己的太阳。有了愿意欣赏你的阳光的人，你才能得到更多的幸福。

若一个人总是对过去耿耿于怀，把过去的不开心当作洪水猛兽，而影响到现在的感情，这实在是划不来的事情。

有时候幸福其实可以很简单，有你在就足够。

留存一段记忆只是片刻，怀念一段记忆却是永远。

无论何时何地何种情况，都要保持足够的清醒，这样才能从容地爱着。

第五章

不负生活不负自己

有一种爱在疼痛中学会原谅

相爱了七年,他们的爱情死在了毕业后一年。

他们的爱情从什么时候开始?确切地说经历了初中两年的暗恋,高一他表白,没想到她就接受了,然后就这样走到了大学。

都说毕业季是失恋季,可是他们也挺过来了,最终这份爱情猝死在工作后一年。

问起原因,无非是工作不在一起,双方异地,最后男方劈腿被女方发现,长达七年的感情就这样分崩离析,让当初看好他们的同学惋惜不已。

　　分手期间,她在微博每天记录心情,每条微博都很简短,大概在10到30个字之间,就这样持续记述了半年才停止。

　　半年后,她恢复了元气,而前男友也步入了婚姻的殿堂。

　　她接到了前男友的邀请函,我们劝她狠狠地撕裂邀请函,最后再吐一口口水,因为劈腿这种事情在我们看来是天理不容的。

　　她只是笑笑,然后整整齐齐地将邀请函折叠好,再放进某本书里。

　　最终,她没参加前男友的婚礼。

　　一年后,她走出了分手的阴影,开始了新的恋情。新男友高大、帅气、温柔、专一,但两人依旧是异地恋。

　　我问:"你不怕重蹈覆辙?"

　　她笑着回我:"总不能一朝被蛇咬,十年怕井绳吧。"

　　听她这么说,我只有一个念头:你说得好有道理。

　　一年后,她的前男友遭遇了前所未有的打击:得了癌症,新婚不久的老婆卷款消失,令他绝望的是,他的父母目前也是身无分文还欠外债,因为他们所有的积蓄都用在给他付购房首付和办婚宴中。

　　万念俱灰的他给她打了个电话说了一些伤感的话,无非就是我要死了,想到我死后你孤零零的一个人感到很难过,当初并不是故意劈腿,而是一个人太寂寞等等煽情的表述。

而她被这些煽情的话语给戳中，居然跑去医院探望他，还拿出一部分积蓄支援他的医药费。每到双休，她都会抽出时间去看他，偶尔也会煲汤给他喝。

身边的朋友都劝她不要太傻，他现在是人夫，应该由自己的妻子来照顾，现在他的妻子卷款跑路，都是他自作自受的。在我们看来，如今他的下场，就是贱男人该有的结局！

"当初他背叛你，你不在背后黑他已经算是客气了，现在他活该落得这个下场，别管他。"

"你这样做被现男友知道了，他会怎么想？为这样的渣前任闹得现在感情不和不值得。"

"你是不是圣母病呀？看望也就算了，还给钱！"

她静静地听着这些批评的话，不做任何的反驳，只做自己认为对的事情，直到前男友离世。

那天，他躺在床上，呼吸微弱。

她坐在一边握着他的手，表情异常地平静。

他临走的时候，叹息了一声，并用仅有的力气反握她的指尖，眼泪顺着闭着的眼角滑落。那一刻，或许他是后悔了，也或许是因为其他原因。

而在他走后，她拉着被子盖住他的脸，也没有多余的动作，他的父母则蹲在一边哭得像个泪人。

后来，她结婚了。婚后她辞职去了老公所在的城市，找了一份普通的工作，两个人过着平平淡淡的日子。

　　某次我们聚在一起时,我忍不住问:"你当初给钱帮前男友治病,你老公知道吗?"

　　"知道。"

　　"他没责备你?"

　　"他没有责备,只是问我为什么这么做。我说,我不忍心,他也没多说什么。后来他说,我是一个有情有义的女人,以后对他也会不离不弃,所以就快速结婚了。"

　　这是什么逻辑?我差点儿没反应过来,但既然人家现任老公不介意她当时的所作所为,我们这些旁观者又何必多嘴呢!

　　"你知道吗?当初我得知他劈腿的时候,恨不得他跟小三快点儿死掉,不论是天灾还是人祸,只要从这个世界消失,我就能解恨!"她淡淡地说着,眼里没有多余的神情,"分手那段时间,我郁郁寡欢,每天对着微博记录心情,那种蚀骨的痛,不是三言两语能描绘的。"

　　原来,她并不是一开始就是"圣母",在得知男方劈腿时,她惊慌地去对方所在的城市,找到男方企图挽回这份感情,但遭到了拒绝。随后,她又找到女方,希望对方能放弃插足,可依旧遭到了无情的拒绝甚至是嘲笑,女方嘲笑她长得丑不会打扮,讽刺她低贱地出卖自尊,挽留已经不爱她的男人。

　　那一刻,她无比地绝望,世界仿佛黑暗了一般,让她跌入了世界末日般的深渊。

在争取无望后,她独自返回自己所在的城市,随后的半年,她几乎每天以泪洗面,每晚翻来覆去地睡不着,往日里的甜蜜反复在脑海里回荡,让她痛不欲生。

可再难熬的时光,也这么过来了。

接到他结婚邀请函的时候,她只是有片刻的难过,难过的不是他结婚了,而是她觉得,他们是在向她炫耀。可是她已经不是分手之初的那个她,已经能很好地控制自己的情绪。她把邀请函收了起来,然后平复自己的情绪。

后来,她利用很长的时间反思自己,最终还是找到了一些原因。

她说:"分手是两个人的事情,不可能纯粹是一个人的错,我们看到的是一个部分,没看到的是另一个部分。这就比如,我们看到女人婚内出轨,却没有看到男方对她日复一日地使用家庭暴力。"

我好奇地问:"难道你对男方使用了'暴力'?"

她低头:"异地恋本来就很难维系,而我在这期间也确实有做得不好的地方。他长途跋涉地来看我,我却丢下他跟闺蜜逛街;他做饭给我吃,我不但不夸赞,反而挑剔味道对他发脾气;他工作累了没有给我打电话,我又认为他有情况。身处异地,两个人遇到难过的事情,都只能通过电话来诉说。长此以往,发生劈腿和出轨的现象也是早晚的事情。"

"你知道吗?这世界最难做的事情就是自我反省和学会

原谅。"末了,她苦笑着说,"而我学会了,过程很痛,结局很好。至少,我不用带着恨意过着往后的人生。"

听到这里,我终于明白了她之前为前男友所做的一切。

她不是"圣母",而是用行动来完成自我的升华。

在我们外人看来是"犯贱"的举动,当事人却经历了我们看不到的挣扎和苦痛。

某天,我刷微博,看到她早已弃掉的微博号,最后一条留言是:原谅一个人,也是在救赎自己。

你维系的不仅仅是一段关系

1

我有个高中同学，后来她跟我成为大学同学并且还是室友，暂且用A替代她。

在高中的时候她的人缘跟我一样好，但是每次她过生日大家都给她送礼物，我过生日却很少收到礼物，因为我会拒绝别人给予的礼物，第一我不想别人花钱，第二我喜欢送别人东西，却不喜欢收东西。

后来我才知道她是提前一两个月告诉人家自己要生日了，并暗示要礼物。某一年生日，她邀请了送礼20块钱以上的同学去吃蛋糕，却唯独没有邀请对她最好的闺蜜。

后来这位闺蜜在班上哭了，她对我说：我经常带她去我家吃饭、去我家住，结果吃蛋糕她不叫上我，我一问其他人才知道，他们吃蛋糕的人送给她的礼物很重，我的只有九块钱。

那时候，我不理解这个闺蜜的难过，我只是觉得：不就吃一顿蛋糕嘛，当时她也叫上我，但我没去，只是一顿蛋糕而已,这有什么好哭的?

如今,我领悟到这位闺蜜为什么会痛哭。

她介意的不是一个蛋糕,而是友情的跌价,以及她为这个"朋友"付出了却得不到应有的尊重。

2

高中毕业后,我跟A进入同一个学校,同一个系,同一个班,同一个寝室。

我自然而然地认为这是缘分,并拉着她的手喜笑颜开,逢人就说这是我高中同班同学。

刚开始的那段时间,我跟她一起出门,她对我很是照顾的样子,我也无比地依赖她。虽然她脾气很火爆,动不动就对别人发火,当然发火的对象也包括我。可我并不为此生气,我觉得她总体都是好的。

我是一个对金钱很随意的人,属于那种有钱甩着花、没钱也要甩着花的类型。

那时候我们出门,她说她家经济条件不好,我也知道她住农村,于是出门公交费我都乐意出,反正一次也就一块钱,这在我眼里都是毛毛细雨。这种状况维持了很长一段时间,我都不觉得有任何的问题。

半年后的一天,我丢了手机,她陪我下车,并在我的再三请求下,用自己的手机给我报警,警察随便记录后,我还想等警察给个说法和具体时间,但是她不耐烦地催促我快点儿回校。只是,在我们准备回校时,我发现我没零钱,她翻开钱包把十块五块的钞票掏出来说她也没零钱,我无奈之下,只好拿着100块钱去换零钱。

精疲力竭地回去后,她打开抽屉拿东西,我看到她抽屉里有一堆硬币。那一瞬间,我忽然感觉眼睛很痛,丢手机加上劳累的负面情绪把我淹没。

那一晚,我躺在床上哭了。

跟高中时的那个闺蜜一样,难过得无以复加。

我在乎的不是坐公交的一两块钱硬币,而是你在全身心地善待一个"朋友",你以为你收获的是"友情",能得到无可比拟的关怀,结果在人家那里,你只是一个投币机,她只需要虚情假意地温暖你就可以了。

从那天开始,我讨厌她、疏远她。

3

如果听者把这些认为是"人家没逼着你付出,你跟人家出门时常给她投币,她就默认了,后来出门不带钱怎么就不对了",那么请继续往下看。

A的脾气火爆,经常对室友发脾气,所以很不得人心。

大二这年,学校搞晚会,每个系、每个班级都需要表演一个节目,A和几个同学报名了舞蹈节目。她被选为组长带领其他同学参加,那时恰逢冬天,天气冷,可就算是天寒地冻,同学们为了晚会也要练习舞蹈。

第一次练习舞蹈,她把时间定在周六早上6点,其他同学都说太早了,她说:就这个时候最好。

组长发话,大家自然就同意了。

结果周六大家摸黑起床,唯独不见她,同学来敲门的时候,她依然不起床。而睡在下铺的室友开门后,同学们涌了进来。面对同学叫她起床的行为,她发了脾气:叫,叫,叫!叫什么叫,大早上地叫,还让不让人睡了?

同学说:要排舞了,你说这个时候的。

她重重地翻身,留下一个背影。

同学识趣地离开,自那以后,她的"威严"在同学那里荡然无存。

大家毕业后,我在珠海和长沙之间奔波,生活颠沛流离。

我是一个不喜欢逢年过节给人发短信、打电话的人。

基本上如果我群发了,说明这是我心血来潮,或者突然觉得需要这么做,但多数时间我是没概念的。

因此,跟室友的联系自然而然就少了。每次下班后,我要么躺在床上,要么写小说赚外快来维持自己的生计。

也不记得是哪一年,室友老六给我打电话说A要结婚了,问我去不去,因为她邀请了除我以外的室友。

我说不去,她又没跟我说,就算说了我也不去,我才不跟这种人做朋友,我少她一个朋友不少,以后也不会求着她帮我做什么。至于我自己,就算她是什么达官贵人,我也不跪舔。

老六说:以前在寝室,我们都讨厌她,结果毕业后,发现她最好,因为她经常发短信给我们几个,嘘寒问暖的。你看看你,毕业这些年,连个屁都没给我们发一个。

我没说话,也没辩驳。

最后A的婚礼,寝室的老大、老五、老六一起参加。

4

2012年,大学室友的老五和老大在相隔半年内相继结婚,老六打电话通知我这件事。

我立刻像是领了圣旨去参加她们的婚礼,而寝室老大的婚礼对我来说可以用"千辛万苦"来概括,因为婚礼结束,我回家的时候,转了四趟车,累得骨头都散了。

而她们结婚,嘘寒问暖时常发短信的A以怀孕了不方便为由没有参加。这不是重点，重点是在老大的婚礼上，老五也因为怀孕不能参加，但是她的红包由自己的弟弟带了过去，可这位A，没有联系任何熟悉的人捎带红包，也不找当事人要银行卡号，还上这份情。

更有趣的是，那些参加过她婚礼的人后来结婚了，她在事前信誓旦旦地说自己一定过去，但距离别人婚礼只有一天的时候，总是临时发短信并且有各种理由不能出席，"还人情"这种事情，自然也别指望。

对此事，我曾私下表示过鄙视和不屑，并跟几个室友说：当初你们还说我来着，现在知道谁最无耻了吧，我是看透了她这个人，才决定不来往的，你们非看表面。

室友说：不来就不来，谁稀罕她，以后不来往了就是了，几百块钱的事情。

A维系感情的方式只有"嘘寒问暖"，只知道索取别人的付出，从不愿意回报！

人们在意的，不是一个红包。

而是一个礼貌。

礼貌不仅仅是"嘘寒问暖"，而是你的言与行需要保持一致。

否则，你只能迷惑别人一时，而不能稳保你一世的人际关系。

5

再后来,A几次试图添加我为好友,我每一次都拒绝。

有几次她备注自己的名字,我依旧当作没看见,直接点击"拒绝"或者"忽略"。

因为,我不需要这样经常跟我以虚假的形式嘘寒问暖,时不时还爆个脾气给我脸色看的人,那种打了一巴掌赏个枣子的方式,在我这里已经行不通了。

最近在看人脉关系的书,我才发现A这种"嘘寒问暖"在人际交往中很实用,而我这种所谓"务实"的性格,只会消耗和弄死掉自己的人脉。

因为人是需要沟通的生物,久而久之,感情会变淡。一旦人与人之间的联系薄弱后,感情也荡然无存。

你认为自己"讲义气、实在、不玩虚的",但是你却不联系别人,再牢固的关系,也会慢慢生疏。

爱情需要两个人来经营、维持。

人际关系更需要如此。

但你要做的不仅仅是维持一段关系,还需要用心、用真诚让你身边每一个朋友感受到暖意,让他们觉得成为你的朋友,不仅仅是受到言语上的"重视",还能感受到行动上的支持。

不论是友情,还是爱情,亦或者是亲情,都需要不变的"言行一致"。

不负你的永远是努力

上小学，爸妈告诉你，好好读书，上初中就好了。

等你上了初、高中，爸妈会说辛苦这六年，享受一辈子。

上了大学后，你以为你解放了，但是找工作的压力像是一块石头砸在身上，让你举步维艰。

找到了好工作，你以为皆大欢喜了，可是还房贷又成为往后人生的头等大事。

1

2007年的夏天，经过十几年寒窗苦读的我高考结束。

我在爸妈春风满面的表情和亲人钦羡的目光中，撕掉高中课本，大声宣布解放，并激动万分地展望璀璨的未来。

因为，从小我就被身边的人教育说：大学是唯一的出路，只要考上大学，就等于端上了铁饭碗，一脚迈进了成功的门槛。

　　可是,谁又能料到前几年从大学走出来的学生,学校包分配工作,被企业抢着请进去。若干年后,大学生以蚂蚁的繁殖速度冲出校门,抢着要进企业!

　　三十年河东,三十年河西,世界的瞬息万变,是我们始料未及的。

2

　　2010年的暑假,合肥的天气出奇地燥人。

　　火辣辣的阳光透过窗户斜斜地照在我的脸上,炙热的热流从脸颊传到全身,我抹了一把脸上还未蒸发的汗水,揉着眼睛在腰酸背痛中打开手机看看时间。

　　蓝色的屏幕上显示10:56,让我困意全无,原来已是日上三竿!

　　昨晚我上网浏览招聘广告到凌晨两点,后来觉得太累,就趴在桌子上小憩一会儿,怎么就这么没出息地睡着了呢?

　　我抬起头,电脑处于屏保状态,稍微动了动鼠标,蓝天白云的电脑屏在我的眼里一览无遗。

　　刚刚毕业一个月,我觉得有一股巨大的压力,压制得我喘不过气来。

　　收拾好东西,我关掉电脑,走出出租屋。

214

　　外面的太阳异常地耀眼，我本能地向后退缩，可是想到这一个月的无所事事，还是准备去合肥的人才市场看看。

　　这一个月，我都是早出晚归。

　　白天去找企业，晚上在网上找企业，然后发送应聘简历，可是全部石沉大海。

　　突然无比地沮丧，有种没有归属的挫败感。

　　前几天我看到几家银行很顺眼，可是人家看不上我，嫌弃我没工作经验，嫌弃我长得不够成熟，嫌弃我是应届毕业。

　　在学生时代，我希望自己有一天也能站在成功者的舞台上，像那些白手起家的创业者一样，接受数不清的晚辈赞扬。

　　毕业之后我发现，比尔·盖茨、马云、李想……这些创业的典范是少数中的精品，那是万里挑一，不是随便用脑子想想，用嘴巴讲讲，就可以成功的。

　　只怪当时的我太过于幼稚，把事情想得过于简单。

　　到底还是年轻，年少无知。

　　现在，我终于明白，理想与现实的差距，永远都是我们无法用心来预演与测量的。

3

为了找到好工作,那段时间我在合肥租了个房子,廉价的小平房,300块一个月,房间之间用木板隔着,隔音的效果非常差,每次隔壁有人说话,我总是能听到。

每次午睡的时候,我的耳朵总是不得安宁。

对面的租房里,几个喝醉酒的男人,说不完的废话,再加上几声高亢的电话铃声,以及那醉醺醺的打鼾声,彻底地毁了我的午睡!我抓狂了!平时吵吵闹闹也就算了,今天可不同,今天不是一般的日子,我今天中午要养精蓄锐,准备下午3点到一家著名的保险公司去应聘,没有好的精神状态,怎么会有好的表现呢?

我要反抗!

于是,我一骨碌地跳下了床,砰的一声打开门,扯着嗓子狂吼:"对面的,你们安静一下行不行?还让不让人睡觉了?"

"鬼叫什么啊?我们招你惹你了?"对面传来不满的声音,"你知不知道你刚才的狼叫吓着我们哥几个了?来,给哥道歉!"

哟呵,一点儿抱歉的意思都没有,这是什么态度?没文化,没教养,没素质。

懒得和这些人计较,奋力地关上门后,我径直地躺在床上，呆呆地望着白花花的天花板，陡然睡意全无，意识很是清醒。

"谁呀？"对面有人问。

"牛什么牛，还不是出来找工作的大学生，估计也是没找到工作，拿我们来出气的！"不耐烦中略带不屑的声音。

"哦，是大学生啊，现在的大学生，那素质真叫一个低，高不成低不就，没本事又娇气，个个以为自己了不起，其实什么都做不了！"

"就是就是，现在职场草莓族就是现在的大学生，外表光鲜，内心脆弱！"

"世风日下哦！"

"现在的大学生，全是废物，没一个中用的！"另一个人开始愤愤地道，"现在的80后啊，个个都玩叛逆，无病呻吟，那是垮掉的一代！90后啊，全部在玩非主流，那是脑残的一代！这世界放在他们手里，迟早会被玩完！"

对面传来说笑声，而且声音更加肆意狂妄，丝毫没有减弱的趋势。

切，一群无知的混蛋！

当美国人在20世纪50年代感叹他们那"垮掉的一代"时，可能没想到10年后正是这群人拿起公文包推动了美国经济的崛起。

稍稍理了理头发，然后我起身洗脸化妆，准备去保险公司应聘。

备好简历后，我带上身份证、毕业证书、英语等级证书、计算机证书、普通话证书……风风火火地出发，并祈祷这次能顺利通过。

由于身无分文，我只好徒步走到保险公司。

到达后，我礼貌地敲门，里面一位温柔美丽的姐姐甜腻腻地问："请问你是？"

"我是来应聘的X语！"我讪讪地说。

"把简历放在这里！"姐姐突然不再微笑，表情变得有些僵硬。

我看着她手指的方向，那是一张白色的办公桌，桌子上堆满了应聘简历。

我立马头大！

这年头，为了一份工作，居然有成千上万的人竞争，太可怕了！

我将简历放在上面后，恭敬地退了出来，刚出门，迎面而来的是一个戴着眼镜的斯文男人，他穿着干净的职场西装，打着蓝色的领带，风度翩翩，气质不凡。

帅哥，谁都愿意多看几眼的！

于是我的目光随着他向后走。

他径直地走向办公桌，将简历拿起来，然后随机地把其中一些简历挑出来，丢进一旁的垃圾桶，我顿时慌了神，因为被扔进垃圾桶的简历里,有我的。

为了简历能够吸引眼球,我特地用彩色的纸张。

"哎哎哎……"由于太过激动,我忘了礼貌用语,"那个……帅帅帅……前辈,前辈……你为什么要扔我们的简历?这样很不尊重我们这些前来应聘的大学生!"

男人瞥了我一眼,淡然说道:"我们公司的招聘理念是:我们不要运气不好的人!"

说完,他夹着简历匆匆离开。

我晕!还有这么神经质的招聘理念?

真是公司之多,千奇百怪!

我的嘴角抽搐着,眼睛抽搐着,连身体也没有规律地抽搐着。

这时,我突然想起了2008年的夏天,倔强的表弟因为上高中考大学,在我家和姨夫、姨娘大吵了一架。

4

2008年夏天我放暑假回家,刚上高一的表弟莫影在姨夫和姨娘的要求下来我家小住,我弟在学校实验班,虽然成绩不如小学和初中那么强,但也马马虎虎。

见到我,莫影乐呵呵地搂着我的肩膀,凑在我的耳边轻

219

声说："表姐，你终于回来了，我爸妈每天都在我耳边念经，你就给他们说说大学生的就业趋势吧！"

莫影没头没脑的一句话，听得我不知所以然。

见我没有任何反应，莫影朝着客厅伸了伸头，里面的姨夫、姨娘正跟我爸妈聊天，表弟说道："姐，我爸妈老是要我考重点大学，吃皇粮饭，可是我想自己到外面闯一闯，他们每天就像念咒语一样，逼着我看书学习，我快要疯了！现在大学生随处都是，没什么稀奇，清华大学的毕业生还卖猪肉呢！"

"那毕竟是少数，全都卖猪肉，都别上学了！你知不知道没有知识、没有文化，在外面会被人瞧不起，而且做的事都比别人辛苦？考上大学坐办公室，不看人脸色，多好？"姨娘的耳朵简直就是顺风耳，莫影低如蚊蚋的声音，却还是被他妈妈给听见了。

莫影也是急性子，既然被听到了，他也做出豁出去的姿态，摆事实举例子，尽量做到有理有据，只听他说："知道李想吗？别人都去高考，他却骑着自行车开发软件，现在人家可是身价过亿的大富豪！看过新闻报道吗？现在大学生就业率很低，甚至有些大学生不如农民工！"

姨夫立刻反驳道："你以为钱那么好挣？李想的成功万里挑一，中国有几个李想？只有大学才是唯一的正路！现在很多家长说读大学没用，那是吃不到葡萄说葡萄酸！既然没用，他们干吗从小给儿女读书？有的还送到外国留学，知识没用干吗要大费周章地浪费钱财？"

莫影激动地说："中国的应试教育扼杀人才,送儿女出国留学的父母,跟现在说大学生没用是两码事!再说了,考大学吃皇粮的时代已经过去了,现在是新时代,你们要学会变通,不要守在一成不变的屋子里坐井观天,见到一只鸭子就以为是天鹅。你们不要拿着旧思想来规划我的未来,我的青春由我来定夺,不需要你们来指手画脚!"

莫影的话说完,我爸妈的脸色同时暗了下来。要知道,我爸妈对我跟弟弟的学习成绩抓得很紧。

我隐约闻到了火药味,顿觉不妙,抬腿准备溜之大吉。

前腿还没抬起,我就被莫影捉住当作挡箭牌,推到姨夫和姨娘面前："姐,你告诉他们,你们学校学生的就业率,还有就业时的工资够不够养家糊口, 够不够给你以后的孩子买奶粉! "

莫影啊,莫影,我向来低调,你居然把我推到风口浪尖,让我为难。

既然你"不仁",那就别怪姐姐我不替你说话!

我们学校的就业率马马虎虎,除了一些热门专业,其他专业毕业的学生工资勉强能度日, 但是如果要给孩子买奶粉,那就是天方夜谭了,但是我绝对不能堂而皇之地说出来。

于是,我露出极其奸诈的笑容,语重心长地说："小影啊,不要这么偏激,大学还是要上的,不然国家设置高等学府的

意义何在？有些知识,必须要在大学里学习的!外面你是学不
到的!"

姨夫和姨娘露出满意的笑容,然后得意洋洋地看着莫影。

莫影不爽了,大声说:"社会就是大家庭,什么学不到?
只是不愿意学罢了!什么高考,什么重点大学?让高考见鬼
去吧!"

啧啧,年轻人就是容易冲动,年轻人就是这么叛逆!

为了抚慰莫影激动的心情, 我再次说道:"你的心情我能
理解,但是这不是你一个人能改变的!一个人的力量还是有限
的!一个东西的存在有利有弊,不要老是往坏处想嘛!想想好
处,比如你考上北京大学,穿上校服在外面走一走,威风八面
啊! 大学里面美女如云,又有才情啊! 比如……"

莫影气急败坏地打断我的话,说:"别比如了,这个世界
上就是因为有了你们这些甘于认命的人, 社会发展才这么
缓慢!"

我哑口无言。

其实,社会上如果全是莫影你这样的人,大家都玩儿叛
逆,都急性子,我估计地球早就玩完了!但是做为姐姐,我必
须做好带头作用,我出言要和谐,不能有讽刺意味。

思索了半晌,我一字一字斟酌地道:"那么,影兄弟,你好
好努力,希望你能选择一条阳光大道,走得顺顺利利,路上看
到砖头和瓦片记得捡起来,你要为社会主义的发展添砖加

瓦！希望中国因为有了你，能提早进入共产主义社会！"

很和谐、很友爱的一段话，莫影听完一脸郁结的表情。

良久，莫影郁闷地吐出一句话来："居然讽刺我！哼！我就要做一番大事业给你们看看！"

天地良心，我何时讽刺他了？我真的是发自肺腑的真心话，既然他说因为有了我们这些认命的人，社会才会发展得那么缓慢，言外之意，如果以他为首的人是主流，那么社会发展必将飞速，我只是按照这个论调推理出来的啊！

他爸妈为我打抱不平了，姨娘恨铁不成钢地斥责莫影："好好学学你姐姐，你要是有她一半听话，我们也就不用操心了！"

终于，姨夫按捺不住，他接话了："你要是能考上三本，我们给你买笔记本电脑；要是考上二本，我们带你去泡温泉两个月；要是考上一本或者重点，我们带你去国外两月游！"

我瞥了瞥莫影，只见他脸部轮廓变得柔和不少。

看来就算是铮铮铁骨汉子，也是吃软不吃硬的！

最后，这场没有硝烟的战争在姨夫放长线钓大鱼的苦心中收场。

那个时候，我并不认同莫影偏激的观点，但是也知道大学生的就业形势。

只是，这个世界并非一成不变，事物是不断向前推进和发展的，谁也阻止不了。

5

十一的时候,合肥市人满为患。各大商场和超市疯狂地减价、大甩卖。

就在我准备趁此期间多挣点儿生活费时,表弟莫影的一个电话,让我推掉了七天的兼职工作。

他说:姐,我来合肥旅游,你来接我!

莫影从来没有出过远门,这一次来我这里,做为表姐的我,怎么也得当个导游,让他玩得尽兴。

到火车站的时候,我看到了打扮得阳光帅气的莫影。

和他并肩走在一起,无数美女频频回头。

莫影似乎没有发觉到自己的魅力,而是低着头满腹心事地走路。

"姐,你比我大几岁?"莫影低声问道。

我愣了愣:"六岁!"

"姐,你为什么喜欢读书?"他的这个问题更怪。

我没有回答莫影,而是问:"你来我这里,你爸妈知道吗?"

莫影点点头。

他沉默了一会儿,说:"姐,我不想读书了!"

"为什么?"我顿住脚步,惊愕地看着他。

莫影仰起脸,阳光均匀地洒在他白瓷般的脸上,他神色恍惚地说："我不想被禁锢在设置好的路上前进！姐，大学不是唯一的出路！现在大学生多如牛毛！"

莫影走火入魔了！

他对大学的认识过于偏激，可能是类似大学生就业难的电视报道看得太多，以至于对大学丧失了信心。我不是那种坚信大学一定能改变命运的一类人，但是我相信，知识永远不要嫌多，大学的存在必不可少，否则为什么那么多人无比虔诚地仰望高等学府？

"不管怎样，你要把高中读完啊，没有知识怎么创业？"我劝道，"大学的确不是唯一的出路，但是你可以尝试着把它当作垫脚板，让它成为你成功之路的一个部分！"

"可是清华大学的毕业生还卖猪肉呢！"莫影沮丧地说。

又来这句话！是哪个该死的电视台播放的这则新闻，恰巧让莫影看到的？误人子弟，罪不可恕！

我发誓，一旦让我刨出来，我一年之内不看这个台，并怂恿其他同学一起抵制。

"你不要被那些消极的报道所误导，仔细看看，大学不是你想象中的那么糟糕！"

莫影大眼一瞪，正色道："那叫无视现实！真正的勇士敢于直面惨淡的人生，敢于正视淋漓的鲜血！"

哟，哟……原来这个不爱学习的大白菜，还会吟诵鲁迅的经典名言，难得啊！

　　我干咳了两声,继续说:"那是少数嘛,都卖猪肉,就没人
敢上清华了!"

　　莫影转身,用近乎怪异的眼神看着我。

　　我下意识地看了看身上,没发现有污点。

　　久久,莫影说:"姐,我发现你越来越像我妈妈了!"

　　喷——

　　我暗自抹汗,没再说下去。

　　莫影走了一会儿,又说:"姐,我想去你们班听课,体验一
下大学课堂和高中课堂有什么区别!"

　　"听课?"我诧然,"我现在的课本来就少,就算很多,现
在是十一长假啊!"

　　莫影双手插进口袋里,一副无所谓的样子,"算了,我觉
得也就那样,一个老师戴着一副眼镜,看着课本,拿着粉笔,
站在讲台上口沫横飞,都一个模式!"

　　我赶紧反驳:"谁说的?我们有多媒体教学,有电脑机
房,还有语音教室,上课的方式多姿多彩,你不要想当然地
说啊!"

　　莫影眸子微暗,良久,他郑重地问我:"姐,如果有一天我
做了一个家人都反对的决定,你会不会站在我这边?"

　　我想了想,说:"我站在你这边有什么用,我不是你爸也
不是你妈。"

　　莫影叹息道:"你和表哥是整个家族的骄傲, 如果你支

持我顺便说服表哥，我爸妈就算竭力反对，有了你们的支持,他们的态度也会稍稍缓和！"

我隐约感到了莫影话中的深意，难道这次他到合肥，其实是离家出走？

"你爸妈不知道你来合肥了,是不是？"

莫影沉默。

不需要他回答,我也知道,我猜中了。

"告诉我为什么？"

"我不想读书了！"

"那你想干什么？"

"我想闯一番事业！"

"你凭什么去闯？知识？你高中还没毕业！能力？你和我一样娇生惯养！阅历？很遗憾,你才16岁。那么,你说出一个可以让我信服的理由,我就会站在你这边支持你！"

莫影低着头,闷不吭声。

半晌,他说:"拼搏、自信、干劲儿！"

听完这六个字我又好气又好笑,我不否认一个人创业需要具备这样的素质,但是一个还未经历风雨的孩子,想靠这六个字闯出一片天下,该要付出什么样的代价？

有些东西,苦口婆心的规劝是没有用的,必需要他亲自经历,才能彻底的领悟。

也许让他在外面吃吃亏,体会到生活的艰辛,他就能理解姨夫和姨娘对他的一番苦心了。

"对了,你想在合肥找什么工作?"我慢悠悠地问。

莫影不假思索地答道:"我喜欢吃刨冰,我要卖刨冰!"

莫影的话刚说完,我整个人重心不稳。

"卖刨冰?"我瞪大眼睛,"你脑子坏啦?"

莫影翻白眼,他不理会我,一副"我就要辍学,我就要离家出走,我就要单干,我就要卖刨冰赚大钱,你来咬我啊咬我啊"的态度。

我不是他亲姐也不是亲妈,所以不能义正言辞地还击他,所以我表面赞同他,背后却给姨娘打了个电话。第二天,姨娘来到合肥,找到莫影所住的地方,一把揪住他的耳朵往老家拖,把他的"梦想"扼杀在摇篮中。

莫影上车时,恶狠狠地瞪着我:"你出卖我。"

我苦笑。

他又喊着:"你们都不相信我,等哪天我赚大钱了,你们都给我跪下来!"

我继续苦笑。

若干年后,表弟并没有赚大钱,但是考了个不错的大学,毕业后报考公务员成功后,进入了稳定时期。

逢年过节见面时,我偶尔也会问他"赚大钱"的梦想,他摊手:"那时候小,不懂事,总以为自己能成为大人物,现在我想通了,我没那个命。学历不是最重要的,但它却是敲门砖。

有学历不代表什么,但没学历什么也不是。"

我不知道表弟后来经历了什么,但从他一开始烂到爹妈都绝望的成绩,再到他后来考上的大学,我知道他一定是下了狠心,经过了很大的努力,付出了一定的汗水,才得到的成果。

经过了岁月的洗礼,表弟也渐渐适应了现实。

看着他那张年轻的脸,听着他一些老成的话,我在想,他也长大了,变得适应社会,而不是像当初那样,想改变社会。

6

毕业那一年我辗转多个公司,最终没找到自己喜欢的工作,于是为了追求梦想,我从珠海转到长沙,从长沙又回到合肥。在这起起伏伏的时间里,我并没有放弃自己,而是努力地朝着一个方向走。

那段时间,我一边工作一边坚持写作维持温饱。数不清的夜里,我醒来又睡着,梦里出现的都是自己变成成功女人的画面。

如今,我在父母眼里也算是安稳的一员,可其中经历的艰难,也只有自己最清楚。

从出生开始,每个人都背负着使命,不论你是为家人而活还是为自己而活,都是一个漫长的过程。

我们受恩于父母,又受限于父母。

为了打破这些,谁都会有一个叛逆期。

只是,有人会变得越来越好,有些人却在跟父母的对抗中越走越远。

随着时间的推移,那些热情和坚持,那些天真和幻想,早已随着时间的风埋进了光阴的土壤。在这过程中,你或许碰过壁、或许受过委屈、或许经历过他人看不见的心酸,但那又怎样,你挺过来了。

也许,生活把你的棱角磨平了,但你变得成熟稳重。可能日子过得越来越趋向于平淡,可你却觉得无比安心和踏实。

人生在世,短短几十年。

不论你做出什么样的选择,唯有努力不会辜负你,它会让你实现自己的梦想。

在人世的变迁中,只有时光安然无恙。